BARSAKH

BARSAKH

Emilie, Samuel y Gran Canaria

Simon Stranger

NOS TRA EDICIONES

Respete el derecho de autor.
No fotocopie esta obra.

CeMPro

Centro Mexicano de Protección y Fomento
a los Derechos de Autor
Sociedad de Gestión Colectiva

Barsakh. Emilie, Samuel y Gran Canaria
Título original: *Barsakh. Emilie, Samuel og Gran Canaria*
Simon Stranger

Primera edición en español: Producciones Sin Sentido Común, 2016

D. R. © 2016, Producciones Sin Sentido Común, S. A. de C. V.
    Avenida Revolución 1181, piso 7,
    colonia Merced Gómez,
    03930, Ciudad de México

Texto © Simon Stranger
Traducción © Pablo Osorio Gutiérrez
Fotografía portada © Curioso, usada para la licencia de Shutterstock.com

ISBN: 978-607-8469-20-8

Impreso en México

La traducción de esta obra ha sido posible
gracias al apoyo del Centro de Literatura
Noruega en el Extranjero (NORLA).

This translation has been published
with the financial support of Norwegian
Literature Abroad (NORLA).

Índice

Parte I

Emilie 11

La embarcación 22

Samuel 25

Despedida 28

La cabeza debajo del agua 34

La última ciudad antes del Sahara 37

Emilie y Samuel 40

Barcelona o Barsakh 43

Los inmigrantes 51

La lista de pasajeros 52

El mar 54

La casa abandonada 75

Comida, noche 87

De vuelta a la casa 94

Una ventana hacia los recuerdos 102

De regreso al hotel 104

Parte II

Soy el gallo que camina... 109

Parte III

Desaparecido 115

La ciudad para la gente que no existe 122

La última cena 127

La espera 136

La cárcel 146

Emilie, Samuel y Gran Canaria 149

Epílogo 155

Una mirada a
los inmigrantes africanos 157

Estadísticas 158

Una embarcación con once hombres momificados fue hallada a las afueras de la isla caribeña de Barbados en marzo de 2006, luego de haber sido arrastrada por la corriente a través del océano Atlántico. Al parecer, originalmente eran cincuenta y dos los trabajadores que zarparon de Senegal en esta lancha en diciembre de 2005, tras haber pagado hasta mil quinientos euros por persona. Una carta escrita por uno de los refugiados, probablemente Diao Souncar de Senegal, dice lo siguiente: "Quisiera enviar este dinero a mi familia en Bassada. Lo lamento, el fin de mi vida ha llegado en este enorme mar marroquí".

PAUL MITCHELL, <www.wsws.org>

Parte I

Emilie

Esta historia podría haber iniciado aquí, con el apacible sonido de las olas sobre la playa, de noche, en Gran Canaria. Podría haber empezado con los restaurantes sobre la acera, las velas de los barcos y las palmeras del malecón; con bebés que dormían en sus carriolas y parejas de novios tomadas de la mano; con música proveniente de los cafés; todo como suele ser una cálida y placentera noche en Gran Canaria.

Pero la tranquilidad se interrumpe de repente. Alguien atraviesa corriendo las calles: una joven de alrededor de quince años, delgada, blanca, con cabello rubio amarrado en forma de cola de caballo, y un muchacho africano apenas mayor que ella, en playera y *jeans*. Van tomados de la mano mientras tratan de huir del policía que los persigue. Pasan corriendo frente a cafés y pequeñas tiendas hasta llegar al malecón. Los turistas se pegan a la pared y miran desconcertados a su alrededor. El policía les grita que se detengan, la muchacha lanza una mirada por encima de su hombro para ver cuánta distancia los separa.

"¡¿Emilie?!", grita asustada una señora desde la acera, pero los jóvenes no se detienen. Tan sólo siguen corriendo; pasan frente a una pareja de jubilados y miran hacia el mar antes de tomar impulso y saltar del malecón a la playa. El policía salta detrás de ellos, cae pesadamente sobre la arena, se reincorpora y continúa la persecución. La gente ha dejado de comer, ha dejado de platicar; todos, parados a lo largo de la avenida, observan a los jóvenes corriendo, la arena esparcida por sus pies, las olas oscuras chocando contra la playa y al policía que cada vez se acerca más y más.

Pero la historia no comienza ahí. Inició días antes, en un restaurante de la playa en Gran Canaria. El hermano menor de la joven, Sebastian, de diez años, remojaba papas fritas en cátsup y hacía figuras en el plato. Emilie, sentada con el desgano de costumbre, hurgaba la comida, mientras sus padres platicaban y se servían de los pequeños platos con tapas. El papá se llama Jean y es originario de Lyon, Francia. A ello se debe que los niños lleven esos nombres, para que también puedan pronunciarse en francés. Su papá tiene cabello negro y trabaja como maestro en la escuela francesa de Oslo. La mamá se llama Lisa y es profesora de la universidad. Emilie no sabe exactamente en qué consiste el trabajo de su madre; sólo sabe que se trata de tiempos antiguos, investigación, vasijas y lenguas desaparecidas. Antes le entristecía que su mamá trabajara tanto durante las tardes y las noches, y que siempre pareciera estar en la luna. Ahora le parece bien, pues eso le permite tener más tiempo en paz.

Emilie quitó los cubos de queso y el aguacate de la ensalada, deslizándolos a la orilla del plato. Luego desdobló con cautela la servilleta y, aprovechando que su padre se agachó para tomar un pedazo de albóndiga, deslizó un pedazo de aguacate en ésta. Nadie vio nada. De haber sabido que la ensalada llevaba aguacate, nunca la hubiera pedido. "La gente no tiene idea de la cantidad de grasa que contiene el aguacate –pensó–: 19.5%, mientras la zanahoria sólo tiene 0.2%. Lo mismo que el brócoli. El pepino gana, desde luego, pero uno no se llena únicamente con pepino. En cambio el brócoli y el jitomate sí llenan."

El mesero llevó una charola más con tapas: salchichas botaneras, bolitas fritas de papa chorreando aceite, albóndigas, calamares. Todo hundido en un océano de grasa. Emilie no concebía que la gente pudiera meterse eso. ¿Acaso no sabían lo que esto le hace al cuerpo? ¿A las arterías y el tejido adiposo? ¿Acaso no pensaban en lo que subirían de peso nada más entre el *lunch* y la cena, cuando no hacían más que pasarse el día acostados en los camastros mientras quedaban rojos y quemados por el sol? Por lo visto, no.

Emilie siguió deslizando pedazos de aguacate y queso en la servilleta, justo cuando se disponía a doblarla su padre volteó a verla. Emilie ocultó el chichón de la servilleta con el antebrazo y prosiguió comiendo como si nada hubiera ocurrido, pero su padre de seguro había notado algo. Él le dirigió una mirada corta y un tanto escéptica antes de pasarle una charola con jamón serrano, queso y alioli, una salsa de mayonesa y ajo cuyo porcentaje de grasa podía calcular Emilie tan sólo con observar la consistencia.

"Mira, toma un poco –dijo él en francés y agregó–, *ma cherie*, 'querida mía'."

Antes no la llamaba así, siempre le había dicho *cherie boulle*, "querida bola". Era dulce en varios sentidos. Solía decirle querida bola antes de hacerle cosquillas debajo del brazo o pellizcarla en el costado. De esa manera le demostraba su amor, alzándola entre sus brazos, jugando y bromeando.

Al mismo tiempo había algo más en el sobrenombre, aunque ella sabía que él no lo decía con esa intención. Algo había por debajo: que ella era redonda, gordita. Él tenía razón, los apodos suelen dar en algún blanco, en caso contrario desaparecen tan rápido como fueron encontrados. Ella *era* realmente redonda. Por ejemplo, en una fotografía que su padre le tomó cuando cumplió doce años, se podía apreciar con claridad una lonja asomando del pantalón cuando ella se había inclinado hacia una amiga para darle las gracias por un regalo. Las mejillas eran redondas y los muslos presionaban los pantalones Miss Sixty. Ya habían pasado varios años desde que sus muslos chocaban al caminar; ahora lucían por fin como ella lo deseaba, así como uno puede observarlos en cualquier revista, como en *Topp*.

No obstante, no fue su padre quien le hizo reconocer que debían hacer algo con su cuerpo. Fue un chavo de la escuela, no uno que le importaba, pero de cualquier manera su comentario la afectó. Emilie estaba sentada en el patio de la escuela comiendo un pan dulce con crema de huevo y azúcar glas, cuando él pasó enfrente con su mochila colgando de un hombro. El muchacho levantó las cejas señalando el pan dulce: "¿Acaso no has comido ya suficientes?", dijo con sarcasmo antes de inflar los cachetes.

Ése fue el despertar para Emilie. Esa sencilla frase la llevó a dejar de ser niña, a mirarse a sí misma desde afuera. Comenzó a pensar en el aspecto de su cuerpo, el tipo de ropa que usaba y cómo se arreglaba el cabello. Un despertar.

Puso el resto del pan dulce en la bolsa de plástico transparente y sintió cómo la invadía la vergüenza.

El muchacho de la clase paralela desapareció detrás de una puerta y olvidó muy pronto lo acontecido. Pero Emilie no. Ella se quedó sentada en la banca deseando desintegrarse en el aire, evaporarse, desaparecer. Se quedó sentada ahí, con la bolsa sobre las piernas y la cabeza agachada. Sintió, por primera vez, que debía hacer algo con su cuerpo. Que no era lo suficientemente bueno. Mientras que los restos del pan dulce eran visibles a través del plástico, su lonja se veía debajo del suéter. Se dirigió apurada hacia el bote de basura, tiró la bolsa y sacudió los restos de azúcar glas y dulce de coco de la comisura de sus labios. Enseguida se dirigió a uno de los baños, se levantó el suéter frente al espejo y observó su cuerpo con una nueva y desconocida mirada. Una mirada que valoraba todo desde afuera y la juzgaba en ese mismo instante. Estaba a punto de convertirse en una gorda, dijo el espejo, gordinflona, flácida.

A partir de ese día empezó a correr, a practicar orientación, a entrenar todos los días después de la escuela. Sus padres la alentaron en un principio y se mostraron satisfechos con su nuevo estilo de vida lleno de actividad. Desde luego, les alegró verla comer más sano, activar su cuerpo y adelgazar un poco, pero conforme los kilos continuaron desapareciendo dejaron de hacer alarde. En particular su padre, cuyos gritos de aliento cuando ella salía corriendo de casa, fueron sustituidos por discretas miradas de preocupación hasta que de manera abierta empezó a vigilar lo que ella comía e intentaba presionarla, sutilmente, como en esta comida en Gran Canaria. Una rápida mirada indagatoria, no más que eso. Emilie no hizo más que recibir el plato que él le pasó y tomar, vacilante, un pedazo de jamón entre los dedos. Había más debajo del agua. Lo intercambiado era mayor, pero se daba de forma invisible; el diálogo real era éste:

—Tienes que comer más, hija. Te has puesto muy delgada. Toma algo del platón de una buena vez o me veré obligado a hacer esto desagradable para todos si lo discutimos de nuevo. ¿Entendido?

Tomando el poco de comida a la que se veía obligada, evitaba el conflicto. El corto movimiento con la mano hacia el platón significaba:

—De acuerdo, voy a hacerlo, aunque no tenga ganas. Sólo para tenerte contento. ¿Ya estás satisfecho?

Una rebanada de pan y un pedazo de jamón. La rebanada de pan sin nada no sería suficiente. Ella lo sabía, entonces él habría carraspeado tal y como lo había hecho hacía unos meses en casa, en Bærum. Estaban comiendo albóndigas en salsa descremada con papas y verduras, cuando su papá la descubrió intentando dejar la mesa sin haber probado más que las verduras y las papas. Las albóndigas y la salsa las había orillado en el plato. Su padre dejó los cubiertos:

—Siéntate, Emilie –dijo con voz baja.

—¿Qué? –contestó ella en corto y dejó nuevamente el plato sobre la mesa, fingiendo no percibir la seriedad que invadía el ambiente.

—¿Qué es lo que estás haciendo, Emilie? –preguntó él de manera tranquila.

Sebastian y su mamá también dejaron de comer. Silencio.

—¿Tú qué crees? ¿Manejar un autobús? –respondió ella.

Él clavó la mirada en ella.

—No estás comiendo últimamente. ¿Qué pasa?

—¡Por supuesto que como! ¡Mira! –dijo señalando la parte vacía del plato donde las verduras y las papas habían estado.

—Sabes a qué me refiero, Emilie. Ya no comes como antes.

—Tengo quince años –contestó ella.

—¿Y? –atajó él–. ¿Eso significa que vas a dejar de comer?

—No, pero significa que yo decido cuándo tengo hambre y qué se me antoja comer.

—No, no, no –dijo él abatido mientras sacudía la cabeza–. No puedes hacer eso. Al menos no cuando comes tan poco.

—Papá tiene razón, Emilie… –intervino su madre, pero Emilie la interrumpió al rebanar un pedazo de albóndiga que sostuvo frente a sí.

—Bueno, ¿ya estás satisfecho? –preguntó Emilie e introdujo la albóndiga en su boca.

Su padre asintió con la cabeza y continuaron comiendo. Fingieron que todo volvía a la normalidad, aunque todos sabían que algo había cambiado. En particular Emilie y su padre, quienes sellaron un acuerdo sin palabras ese día. Según ese acuerdo, él no diría nada sobre cuánto y qué debería consumir, si ella lograba comer algo *cercano* a lo que hacía antes. Dejar las albóndigas representaba alejarse demasiado de lo normal; ese límite ya estaba aclarado. Y ése era el límite que ella había rebasado nuevamente esta tarde en el restaurante El Pescador en Gran Canaria. El balance se había recuperado al tomar el pan y el pedazo de jamón.

El padre bebió el resto de su cortado y pidió la cuenta antes de que regresaran caminando a la playa. De vuelta a las hileras de camas de sol y parasoles; a un mundo de castillos de arena, toallas; gente durmiendo bajo el sol, aventando pelotas a la orilla del mar o nadando en el agua tibia. Mientras Sebastian sacó la máscara y el *snorkel* de la bolsa de playa, el papá se quitó la playera de Hennes & Mauritz y se acomodó en la cama de sol con el periódico. Emilie se quitó las sandalias, sacó el iPod y se puso a pensar qué iba a hacer. ¿Asolearse? ¿Nadar? Su padre giró la cabeza hacia ellos señalando un reportaje en el periódico sobre las Islas Canarias. En la foto principal se podía apreciar a un grupo de inmigrantes africanos que yacían exhaustos sobre la playa, mientras una mujer blanca perteneciente a la Cruz Roja se hallaba sentada en cuclillas a su lado. Una sencilla embarcación de madera y varios colores podían verse al fondo.

"Dios mío –dijo antes de señalar–. Esto es en Arguineguín, aquí a un lado. Llegan a desembarcar varios cientos a lo largo de un día... en pequeñas embarcaciones de madera."

Sebastian se desvistió y estaba a punto de ponerse el traje de baño que había usado antes cuando su madre lo detuvo. "El *short* está mojado", dijo, y le entregó un traje de baño seco para que se lo pusiera.

"La mayoría es enviada de regreso al lugar del cual vinieron, pero vuelven a probar de todos modos", prosiguió el padre.

Nadie reaccionó. Emilie observó la foto de un centro para inmigrantes con alambrado de púas, donde un numeroso grupo de africanos estaba sentado sobre el piso, pegados unos a los otros, antes de dirigir la vista nuevamente hacia el mar. Al notar la falta de respuesta, el papá siguió hojeando el resto del periódico hasta detenerse en el anuncio de un televisor con *widescreen*. Él tampoco sabía qué hacer, tampoco sabía de qué manera podría ayudarlos.

La mamá, en cambio, se quitó la túnica y se recostó sobre el camastro. Sebastian se metió al agua,

Emilie no apetecía reposar luego de haber comido y dijo que iría a correr un rato. La mamá sólo contestó que estaba bien; el papá asintió moviendo la cabeza, pero le pidió no ausentarse por mucho tiempo.

Emilie se dirigió al hotel para cambiarse y se puso mallas, playera y zapatos para correr. Corrió frente a las tiendas llenas de tarjetas postales, cocodrilos y delfines inflables. Pasó junto a los autobuses de los hoteles, vio a turistas recién llegados portando gafas para sol y maletas tipo *trolley*. Corrió frente a los cafés donde los hombres de torso desnudo lucían estómagos bronceados y grandes tarros de cerveza. Siguió avanzando a lo largo de la avenida hasta alejarse de la ciudad. Tan sólo dejó que sus pies corrieran sin imaginar hacia dónde la llevarían, sin saber que muy pronto las vacaciones y la vida, como ella la conocía, iban a cambiar para siempre.

La embarcación

Emilie comenzó a correr hacía dos años. Claro, ella lo había hecho antes, en las clases de educación física o para alcanzar el camión, pero nunca por las noches, en su tiempo libre. Nunca antes de cumplir trece años. Las primeras veces lo hizo sólo para eliminar la grasa, para eliminar a *la bola*, pero luego de haber recorrido cortas distancias tres o cuatro veces, todo cambió. Dejó de pensar en cómo movía las piernas, en cómo debía respirar o apoyar los pies. Tan sólo corrió. Otros pensamientos ocuparon su mente: asuntos de la escuela, una película, una canción que había escuchado en internet, pero todo desapareció muy pronto para dar lugar únicamente al acto de correr, al sonido de su respirar, al ritmo constante de sus zapatos sobre el asfalto. Era como si sus pisadas borraran las casas y los coches y las tareas y a sus padres, y crearan un campo abierto en algún lugar dentro de su cabeza. Así lo sintió también en esta ocasión, desde que salió del pequeño centro de la ciudad para tomar el angosto camino de grava que torcía en dirección a la montaña. Un polvoriento camino con canales de agua secos de cada lado y huertas con filas de retorcidos olivos. Cada vez se hizo más empinado; Emilie corrió y corrió entre pendientes y curvas con el mar a uno de los lados. Mar azul y cielo azul. Pasados veinte minutos paró al lado de una casa en ruinas con vista hacia el mar. Emilie comenzó a hacer estiramientos mientras veía a través del enrejado: las paredes de la casa eran de tabicones sin tratar; bolsas de plástico, montañas de ramas y basura lucían regadas por doquier. Al percatarse de la presencia de Emilie, una gallina aleteó nerviosa desde la orilla de una carretilla que yacía volteada.

Una motocicleta con tres llantas y un pequeño remolque venían bajando el camino. Un hombre delgado y con barba, vestido con ropa de trabajo, frenó hasta detenerse a unos metros con el motor andando.

—¿Está buscando a Jorge? –gritó el hombre entre el ruido del motor.

—No, me detuve aquí sólo para... –Emilie no supo cómo se decía estirar en inglés y señaló su pie presionando tenso contra el poste de la alambrada.

El hombre del vehículo cabeceó en dirección a la casa.

—Él es pescador; no creo que esté de vuelta antes de que pasen unos días.

El hombre puso en marcha la motocicleta y al tomar la curva agitó la mano para despedirse. Emilie sacó una botella con agua de su cinturón y bebió un trago, luego cruzó al otro lado del camino y corrió cuesta abajo por un sendero que conducía a una pequeña playa entre las rocas. No estaría mal tomar un baño, después de todo llevaba el bikini abajo. Echó una mirada al mar, a las olas, a los resplandecientes reflejos del sol sobre la superficie. Fue entonces que lo vio.

Un bote.

Un pequeño y quebradizo cayuco de madera lleno hasta el tope de gente.

Africanos, justo como en la fotografía del periódico.

Aunque se encontraban a menos de cincuenta metros de tierra, la mayoría de ellos se mantenía inmóvil mientras la embarcación navegaba lentamente al interior. Una cabeza asomó sobre la borda y un joven, aproximadamente de la edad de ella, la saludó agitando la mano.

"¡Dios mío!", dejó escapar Emilie mientras permanecía ahí, sola en la playa. "¡Dios mío!", Emilie alzó la mano para saludar de vuelta.

Samuel

El cayuco siguió entrando llevado por la corriente, Samuel levantó la cabeza para mirar dónde estaban. Primero sólo vio las rocas, la arena y las olas que reventaban en la playa. De repente la vio a ella, una joven europea con modernas y ajustadas ropas de entrenamiento. Exactamente como en la televisión. Por fin. Por fin habían llegado.

A su lado yacían los demás migrantes con los ojos cerrados y los labios secos. ¿Cuántos días llevaban así? ¿Cuánto hacía desde la última vez que alguno de ellos había comido o bebido algo? Debería existir una palabra apropiada para algo tan estúpido: estar rodeado de agua por todos lados y aun así estar a punto de morir de sed.

Al principio, Samuel hizo una marca sobre la borda por cada día que había transcurrido, pero dejó de hacerlo al alcanzar los diecisiete. No tenía ningún sentido contar, no había razón para llevar la cuenta de su propia muerte. Los demás migrantes iban sentados, pegados uno al otro, con la cabeza agachada entre las rodillas.

Habían arriesgado todo, se habían despedido de sus conocidos, habían hecho todo con tal de cruzar al otro lado. Y ahora estaban ahí. Samuel sintió que un alivio lo recorría. Habían llegado, estaban a salvo.

>><<

Su viaje había comenzado mucho antes, años atrás, en el Café París, un café de su ciudad natal. Ahí, sentados sobre el suelo, pegados unos a otros, niños y adultos solían ver viejas series norteamericanas de televisión. Veían Friends, Seinfeld, Ally McBeal. Series con gente joven y guapa, con departamentos bonitos y ropa cara. Aquí fue donde se le metió esa idea, la de que existía un mundo distinto al que él pertenecía. Un mundo de superabundancia, justo al otro lado del océano. Esta idea fue confirmada más tarde, cuando vio una fotografía enviada por un primo que había emigrado a Suecia, quien estaba parado frente a su coche nuevo sonriendo a la cámara. Los pantalones y la playera que llevaba puestos eran de un tipo que no se conseguía en Ghana. Detrás de él pasaban dos muchachas con tacones altos y bolsas que colgaban de sus hombros. La imagen irradiaba riqueza desde el adoquín elegido para la orilla de la banqueta hasta la mirada que una de las muchachas enviaba a la cámara, la de una persona que desconoce la penuria y no tiene ni idea de lo que ésta puede hacer con un ser humano.

Samuel se incorporó a medias en la lancha y agitó la mano saludando de regreso a la muchacha que estaba en la playa. Ella aparentaba ser de su edad, tal vez un poco más joven. Alta y delgada, peinada con cola de caballo.

"¡Hola! —gritó él en inglés—. ¿Puedes ayudarnos?"

La joven titubeó unos segundos, como si no creyera lo que estaba viendo o no supiera qué hacer con ello.

Despedida

Ha pasado un mes desde que Samuel empacó sus cosas y salió de viaje. Él había pensado que su madre querría detenerlo, que haría un intento por persuadirlo, pero no lo hizo. Al contrario, pareciera como si ella hubiera estado esperando ese momento con Samuel, el de tomar la decisión de viajar a Europa, conseguir un trabajo y enviar dinero a su familia en Ghana, tal y como su primo había hecho, tal y como el hijo del vecino de al lado había hecho, y el hijo del vecino al final de la calle.

Su madre estaba en la cocina, su cuerpo era delgado y nervudo de tanto trabajar en el campo y de tanto ir a traer agua del pozo. Samuel estaba sentado a un lado de la mesa lavando ñame mientras ella se hallaba frente a la estufa.

—Mamá...

—¿Sí?

Ella no volteó a verlo, únicamente continuó removiendo la cazuela con arroz *jollof*, un tradicional estofado ghanés con jitomate, pescado y arroz.

—He tomado una decisión –prosiguió Samuel.

—¿Mmm?

—Quiero viajar.

Ella giró su cuerpo hacia él y dejó de remover la cazuela. Una chispa saltó de la estufa, ella la pisó con sus pies descalzos.

—¿A dónde, Samuel?

—A Europa.

Ella respiró profundo y se volvió hacia la cazuela.

—¿Estás seguro? –preguntó en voz baja.

Samuel afirmó moviendo la cabeza.

—Yo voy a ayudarte, hijo mío.

No podía vivir ahí, su madre no tenía para mantenerlo. No si tenía tres hijos menores y un esposo que había quedado inválido en la plantación de cacao. Desde que Samuel tenía memoria, su padre había trabajado en la plantación en las afueras de la ciudad cosechando cacao seis días a la semana, calcinado bajo el sol, sin queja alguna. Un día llegó a casa varias horas después de lo acostumbrado porque se había cortado un brazo con el machete y tuvo que ir al doctor para que lo vendaran. La herida cicatrizó al final, pero el brazo nunca volvió a funcionar como antes y la familia perdió su principal fuente de ingresos. Pasados unos meses, Samuel viajó a la capital y trabajó como vendedor ambulante. Aprovechando la luz roja se acercaba a los autos para vender peines, bolígrafos y cigarros. De la venta apenas ganaba lo suficiente para sobrevivir, pero no mucho más. La vida ahí era demasiado dura. Vivía bajo cobertizos, de preferencia con otros dos o tres, donde dormían sobre cartones y se cubrían con mantas sucias. Despertaba con dolores en todo el cuerpo y, sin tomar desayuno alguno, se lanzaba a las calles a pelear por un lugar en los cruceros más rentables. Los chicos más fuertes y aquéllos con mayor antigüedad tenían prioridad; los recién llegados, como Samuel, eran enviados a las calles menos transitadas. Por lo regular, trabajaba diez horas seguidas casi sin lograr vender algo, casi sin haber comido. Después de un año abandonó Acra y se fue a vivir a provincia con un familiar lejano, para trabajar en un criadero de pollos. Pasados unos meses y luego de haber reunido un poco de dinero, también tuvo que dejar ese trabajo porque debido a la competencia con granjeros occidentales los dueños ya no pudieron vender la carne.

Samuel agarró su dinero y viajó de regreso a la pequeña y quebradiza casa donde había crecido. Al cabo de unos días tomó el autobús para dirigirse al café donde un viejo conocido solía acudir. Se trataba de un delincuente que se dedicaba a conseguir pasaportes falsos. Él podía conseguir todo, había dicho, una nueva identidad y un lugar en un camión de carga que lo llevaría hasta el Sahara. Así era como su primo había viajado, además de recorrer partes del Sahara a pie y tomar un barco hacia Italia para, finalmente, obtener la residencia en Suecia, uno de los países más ricos del mundo. "La gente pobre aquí vive como los reyes de nuestro país", había escrito en una carta. Ahora era el turno de Samuel, quien abrió la cartera y pagó, usando casi todo lo que había ganado durante el último año. Luego se marchó y le contó a su madre, quien se hallaba cocinando. Samuel se puso de pie y caminó hacia ella para abrazarla.

—Gracias, mamá.

Ella levantó la mano que tenía libre y lo acarició en la nuca. Él se retiró suavemente.

—Voy a ayudarte con dinero —le dijo, y fue a recoger una pequeña caja de cartón a la recámara. Al abrirla tomó una pila de dólares, un fajo gordo. Samuel la miró sorprendido.

—Este dinero lo hemos ahorrado tu padre y yo los últimos años —dijo seria—. Era para mantenernos durante la vejez y para ayudarlos a ustedes cuando tuvieran que mudarse.

—Pero, mamá... —comenzó Samuel, que no quería recibir el dinero. Su madre sólo movió la cabeza de manera negativa.

—Créeme, Samuel, vas a necesitarlo. Ya nos lo pagarás cuando puedas.

Tenía razón, le iba a hacer falta. Pero ella recibiría el dinero de vuelta. Recibiría el doble o el triple de regreso, él sólo tenía que llegar al otro lado, a Europa.

Samuel salió temprano de casa al día siguiente. El sol ilu-
minaba la ciudad, un camión de carga con cabras pasó
frente a él. Antes de dar vuelta en la esquina, Samuel se
giró para ver el hogar de su infancia una última vez. De
repente lo invadió la seriedad del asunto; entendió que
tal vez nunca más regresaría, tal vez nunca más volvería a
ver a sus amigos ni a su familia, tal vez la última ocasión ya
había pasado sin que él se hubiera podido despedir de forma adecuada. Al mismo tiempo sentía ilusión: por fin iba a
salir de la pobreza, de siempre carecer de algo; se iba a un
país donde podría construirse un futuro, a un lugar donde
era posible obtener un trabajo bien pagado, un espacio
donde vivir, una vida. Ya habría tiempo para regresar, al
paso de unos años, después de haber ganado mucho dinero. Su situación no era peor que eso; un par de años y
podría regresar de vacaciones. Samuel respiró profundo,
dio la media vuelta y siguió su camino.

Ya había otros esperando en el café cuando él abrió
la puerta. El ambiente era tenso, lleno de expectativas.
Samuel saludó a los demás: dos jóvenes alrededor de los
veinte y un hombre seis o siete años mayor que él, noto-
riamente nervioso. Un hombre acompañado de su mujer
e hijos, un niño y una niña de diez-doce años, entraron
justo después. Luego llegó el transporte que venía a re-
cogerlos, una oxidada Toyota que alguna vez había sido
verde. Se acomodaron en la camioneta y se alejaron de

todo: la ciudad, la familia, los amigos. Las casas desaparecieron pronto para dar lugar a cultivos, bueyes pastando, un tractor oxidado. Luego de haber brincado baches durante todo el día en la caja de carga, llegaron a la frontera de Burkina Faso. Mostraron sus pasaportes a los soldados y dijeron adonde se dirigían. Samuel no estaba seguro de que les creyeran, probablemente no, pero aun así pudieron seguir adelante. Tal vez era por misericordia, porque los guardias sabían qué tipo de semanas, tal vez meses, les esperaban. Por su parte, Samuel no tenía ni idea de lo que le aguardaba. ¿Habría viajado de nueva cuenta de haber sabido todo lo que tuvieron que atravesar? Tal vez sí, ahora que casi pisaban tierra. Tal vez. Pero los últimos días en el mar no había parado de arrepentirse. Arrepentirse y esperar la muerte.

La cabeza debajo del agua

Emilie caminó de un lado a otro por la pequeña playa como si fuera a encontrar algo en algún lugar que la pudiera ayudar, algo entre las piedras, la arena y los maderos a la deriva. ¿Debería nadar hacia ellos? ¿Correr y pedir ayuda? ¿Llamar a la policía? Pero ¿qué tal si sólo los encarcelaban o los mandaban de regreso? ¿Acaso no era eso lo que su padre había leído en el periódico, que arriesgaban todo por llegar a Europa, incluida su propia vida, pero que la mayoría era repatriada a la misma pobreza de donde había escapado?

Volvió a mirar hacia el mar; el sol brillaba con tal intensidad que se vio en la necesidad de hacerse sombra con la mano para poder ver la embarcación. Las personas a bordo se hallaban sentadas y recostadas unas sobre otras. Alguien llevaba el brazo colgando sobre la borda. Emilie trató de contarlos; eran cinco por lo menos, tal vez diez, tal vez más.

¿Habría algún muerto? Emilie se quitó los zapatos, la playera y las mallas, y quedó únicamente en bikini. El muchacho que estaba al frente se agachó para recoger la cuerda que estaba atada a un anillo de metal en la proa.

—¡Toma! –le gritó antes de lanzar la cuerda en dirección a tierra, pero la soga se enredó en el aire y no llegó más que a cuatro o cinco metros de la embarcación.

Otro hombre, algo mayor, se asomó a su lado. Las pequeñas y regordetas manos de un niño se sujetaron de la orilla. Emilie entró caminando al mar, sintió las olas sobre los tobillos y la gruesa arena en la planta de los pies. Todo el tiempo mantuvo la mirada sobre la lancha, el joven que había aventado la cuerda se inclinó para jalarla nuevamente pero no alcanzaba el anillo. Cuando el agua le llegaba a la cintura y ella estaba a punto de empezar a nadar, él puso un pie sobre la borda. Ella abrió la boca para gritarle que esperara en la barca, que ella tomaría la cuerda, pero antes de poder hacerlo, él ya había saltado. El muchacho salió a flote luego de un estruendoso chapoteo, tomó la cuerda con una mano y, al parecer, tenía pensado nadar hacia la playa, pero estaba tan agotado que no logró hacerlo. Su cabeza desapareció bajo el agua por un instante antes de salir a superficie una vez más. Emilie nadó lo más rápido que pudo; vio al joven tragar agua y escupirla, levantar la cabeza y parpadear intensamente buscándola. Pero su mirada no reflejaba desesperación, sino concentración... sorpresa.

Ella estaba a tan sólo un par de metros cuando él volvió a sumergirse bajo el agua, a tan sólo unos metros cuando la cabeza de él desapareció bajo el mar.

La última ciudad antes del Sahara

Samuel viajó en el camión de carga hasta la frontera de Malí. Pasaron horas y horas sentados en la caja de carga, pegados unos a otros, sobre caminos polvorientos llenos de baches y topes. Cada vez hubo menos casas; al final el paisaje era completamente deshabitado: sólo arena, piedras y matorrales esparcidos. Luego de tres noches llegaron a Gao, la última parada antes del Sahara y un centro de reunión para todos los migrantes del sur.

Las calles y los cafés estaban llenos de mujeres y hombres jóvenes a punto de dejar África; algunos llevaban niños, otros iban solos. Sentados en los cafés o refugiados en la sombra de las paredes de las casas, esperaban antes de continuar el viaje. Algunos ya habían gastado todo su dinero en el camino y no podían seguir, otros continuarían el viaje al día siguiente.

Samuel encontró un lugar donde comer sobre la avenida principal. El austero café estaba amueblado con sillas y mesas de madera, además de un ventilador descompuesto en el techo. Como todas las mesas estaban ocupadas, él se sentó en un taburete frente a la barra. A su lado tomó asiento un hombre entrado en los treinta, que llevaba la cabeza hundida en una botella de cerveza. Su mirada era oscura, como dos lámparas fundidas. El hombre levantó la botella y bebió las últimas gotas antes de voltear hacia Samuel.

—¿Piensas cruzarlo? –preguntó señalando contra la pared, contra el Sahara, que se ubicaba detrás de ellos.

—¿Tú también? –preguntó Samuel. El hombre afirmó con la cabeza y estiró la mano para presentarse.

—Daniel, de Costa de Marfil. Si me invitas una cerveza, puedo contarte sobre el Sahara.

Samuel dudó un instante antes de pedir una cerveza para el hombre y un refresco para él.

Daniel tomó un trago antes de empezar.

Él había intentado cruzar el Sahara una semana atrás, decía, con un grupo de diez personas. Los primeros días en automóvil, luego a pie. El calor era insoportable; un jovencito estaba tan exhausto que no pudo continuar. Nada indicaba que pudiera sobrevivir, aun así se vieron obligados a abandonarlo. Era él o todos.

—Así de horrible es el Sahara –afirmó–. Te quita todo lo que eres; al final sólo eres calor, sólo eres desierto.

—¿Y qué pasó contigo? –preguntó Samuel.

—Llegamos al otro lado después de dos semanas, sólo para que la policía nos agarrara y nos llevara de regreso a Gao. Y ahora estoy aquí otra vez, de vuelta al principio.

—¿Qué piensas hacer? –preguntó Samuel.

Daniel levantó los hombros y dijo que, por fortuna, la policía no le había encontrado todo el dinero, por lo cual intentaría cruzar de nuevo. Samuel se imaginó todo: cruzar el Sahara, arriesgarlo todo y terminar siendo enviado de regreso al punto de inicio. Era absolutamente inhumano. Daniel pidió otra cerveza, Samuel negó con la cabeza, necesitaba el dinero para sí mismo si aspiraba a concluir la travesía. Samuel se incorporó y le deseó buena suerte al hombre antes de salir a la parte trasera del café, donde se quedó contemplando el desierto, el Sahara: matorrales y piedras esparcidos, dunas de arena en el horizonte. Mañana era su turno, no había marcha atrás.

Emilie y Samuel

Emilie había visto al muchacho escurrirse sobre la borda para tomar la cuerda, lo miró bracear con ajetreo, vio cómo tuvo que recostar la cabeza hacia atrás para sacar la boca y la nariz a flote. Ella ya había empezado a nadar hacia ellos y había visto la cabeza de él sumergirse y desaparecer de la superficie. El agua estaba completamente quieta ahora; el lugar donde la cabeza de él había desaparecido lucía liso, vacío. El hombre entrado en años permanecía en la borda; Emilie nadó lo más rápido que pudo, pateaba y braceaba tan fuerte como le era posible. Pasaron unos segundos cuando de repente el muchacho emergió de nuevo, justo frente a ella, intentando respirar. Emilie lo sujetó abrazándolo alrededor del estómago, debajo de la playera.

—Te tengo –le dijo. El muchacho se agarró del antebrazo de ella y empezó a toser para sacar el agua, mientras Emilie pataleaba para mantenerse a flote–. Voy a ayudarte a salir –continuó ella y empezó a nadar de espaldas hacia la playa.

Esto era lo que habían estado entrenando en la alberca hacía apenas unas semanas, en las clases de educación física: nadar con un muñeco entre las piernas; sólo que esta vez no se trataba de un muñeco. La playera resbaló hacia arriba y ella sintió la piel de él contra su estómago. La cabeza del joven se mantuvo recostada al lado de la de ella. Luego de haber nadado un tramo, Emilie intentó bajar un pie y logró hacer contacto con la arena. Siguió abrazándolo mientras él ponía sus pies sobre el fondo; primero uno, luego el otro. El agua le llegaba al estómago cuando empezaron a caminar tierra adentro. Aunque él parecía haber recuperado algo de energía, Emilie lo ayudó durante todo el camino hasta la playa. Las olas golpeaban los tobillos, ella le ayudó a sentarse sobre la arena y se arrodilló frente a él. La piel del joven lucía dorada y brillaba con la luz del sol. Sus ojos eran oscuros, fulgurantes.

—Muchas gracias –le dijo en inglés y tomó su mano–. Muchas gracias.

—Por nada –contestó Emilie y de inmediato pensó en lo tonto que se escuchaba. Bajó la mirada a la mano de él sosteniendo la suya. Él debió notar que ella no lo sentía natural y la soltó recogiendo su mano hacia él mismo.

—¿Qué... de dónde vienen? –preguntó ella.

—De Ghana –contestó él–. Pero tomamos el cayuco en Senegal.

Emilie trató de visualizar el mapa de África, Senegal, la costa oeste.

—¿Cómo te llamas?

—Samuel.

—Yo me llamo Emilie. ¿Cuánto tiempo han estado en el mar?

Samuel jaló aire.

—Creo que veinte días. Tal vez más.

Emilie volteó hacia la embarcación, varios rostros empezaban a asomar. En la parte trasera, un brazo colgaba inerte sobre la borda.

—¿Hay algún muerto abordo? –preguntó ella.

Samuel inclinó la cabeza.

—No lo sé –contestó en voz baja–. No lo sé.

Barcelona o Barsakh

Estaba contemplado que Samuel y los demás migrantes tendrían que caminar grandes extensiones del desierto del Sahara antes de poder ser conducidos en autobús a Libia. Estaba contemplado que debían enseñar los pasaportes falsos en la frontera; que permanecerían sentados con tranquilidad mientras los soldados y los perros inspeccionaban los asientos, antes de viajar a una ciudad en la costa y luego llegar a un café donde los traficantes de personas suelen reunirse. Ahí los estaría esperando un hombre sentado que los llevaría al puerto, al barco que los transportaría a través del mar Mediterráneo a la isla italiana Lampedusa.

Esto nunca sucedió.

La noche antes de viajar de Gao, un hombre tocó a la puerta. El hombre, de aspecto desaliñado, aspiró el humo de un cigarro con filtro blanco. El humo azul-grisáceo escapó de entre sus labios.

—¿Libia? —preguntó en voz baja. Una simple palabra era suficiente.

Samuel afirmó con la cabeza. Varios más hicieron lo mismo. El hombre volvió a darle otra fumada al cigarro y sacó un sobre contenido en un fólder.

—¿Puedo mostrarles algo?

Samuel volvió a afirmar con la cabeza y el desconocido caminó hacia la cama para vaciar el contenido del sobre. Había fotografías, recortes de periódico y un mapa.

—Miren —continuó mientras esparcía la ceniza sobre el suelo de concreto.

—Esto es lo que pasa con quienes llegan al otro lado. La mayoría es arrestada en la frontera, pero esto es lo que sucede con quienes llegan al otro lado.

La fotografía mostraba una especie de campamento cercado con un enorme y alto alambrado de púas. Guardias armados acompañados de perros patrullaban al otro lado de la valla.

—Son detenidos aquí, en Ceuta, una parte española de África totalmente al norte. Un puesto de vigilancia antes de Europa. Quienes logran pasar los controles en Libia y no son detenidos en Ceuta, siguen el viaje en barca. Esto es lo que ustedes han pensado hacer, ¿cierto?

Samuel y los otros migrantes siguieron revisando las fotografías; una de ellas mostraba un pequeño bote que había naufragado a las afueras de Italia. Policías de piel blanca y socorristas de la Cruz Roja levantaban cadáveres en la playa.

Uno de los migrantes se acercó a Samuel, le arrebató el recorte de periódico y aventó el papel sobre la cama.

—¿Qué haces aquí? ¿Eh? —preguntó en voz alta—. ¿Quién te envió?

—Nadie me mandó —respondió el hombre con tranquilidad—. Sólo deseaba darles un buen consejo para el camino.

—¿Crees de verdad que vamos a dar la media vuelta, que vamos a viajar de regreso a casa? ¿De verdad lo crees?

El hombre agitó la cabeza y buscó un cigarro en la bolsa del pantalón.

—No. No estoy aquí por eso.

El hombre prendió el cigarro con un encendedor que llevaba la foto de una rubia de Baywatch, una mujer en traje de baño rojo y senos enormes.

—Estoy aquí para mostrarles otro camino —continuó.

—Otra ruta.

—¿Dónde? —preguntó el otro migrante en un tono menos agresivo.

El traficante de personas señaló el mapa.

—Aquí.

Al principio se sintió como una broma que pusiera el dedo a mitad del mar, pero luego notaron los diminutos puntos que estaban justo frente a su uña. Un pequeño grupo de islas, las Islas Canarias. El hombre les contó sobre los muchos que habían llegado por ahí, sobre la abierta política de inmigración en España, de los setecientos mil inmigrantes ilegales que habían recibido amnistía, residencia legal.

Empezaron a discutir y el grupo se dividió; unos deseaban proseguir como estaba planeado, viajando a través de Libia e Italia, pero la mayoría se dejó convencer por la otra ruta, hacia el oeste, hacia las Islas Canarias. Tenían que pagarle al hombre, por supuesto, pero así era en todas partes. La ayuda no era por caridad, sino por negocio. El dinero ahorrado por las familias pobres cambiaba de manos en estos cuartos; pasaba de pertenecer a quienes soñaban con una vida mejor a aquéllos que ganaban dinero con los sueños: los traficantes de personas. Hombres y mujeres que vivían escondidos en cada ciudad, parte de una red que falsificaba documentos y operaba camiones de transporte y pequeñas embarcaciones de manera ilegal.

Samuel continuó el viaje al día siguiente en la caja descubierta de una oxidada *pick up* Toyota. Las horas pasaron con ellos sentados de manera apretada, recorriendo caminos donde la arena se había adherido al asfalto como un velo. Llegaron a un puerto al oscurecer, la camioneta se detuvo al lado del muelle y el chofer les pidió que bajaran. Los migrantes encendieron una fogata a la orilla del agua, comieron juntos y al final se quedaron dormidos en la arena, bajo las estrellas.

Samuel despertó con la luz del sol, se levantó y tendió los brazos hacia el cielo. Algunos pescadores ya estaban despiertos y preparaban los botes y las redes para un nuevo día en el mar. Al lado se encontraban las embarcaciones que los transportarían a ellos. Samuel había recibido instrucciones de esperar en la playa hasta que los dueños de los cayucos llegaran, pagar el depósito del viaje y proporcionar un número de teléfono para ser contactado cuando ya hubiera suficientes pasajeros que hicieran rentable el viaje para el dueño: por lo regular un promedio de setenta personas; en las embarcaciones más pequeñas, alrededor de veinte.

Los cayucos estaban encallados a lo largo de la playa, con sus filosas puntas señalando las olas que reventaban en la arena. "En algún lugar allá afuera está Gran Canaria", pensó Samuel mientras caminaba descalzo a la orilla del mar. En algún lugar allá afuera, detrás del horizonte, estaba la posibilidad de una vida mejor. Samuel palpó la bolsa del pantalón, el viaje en barca había costado más de lo calculado. Sólo le quedaban cincuenta dólares, eso nada más le alcanzaría para pasar los primeros días cuando llegaran, pero seguramente recibiría ayuda al estar ahí. Y en cuanto consiguiera un trabajo, ya no habría problema.

Pasado un rato llegó hasta el muelle de los barcos grandes, donde amplias escolleras y un muro de concreto contenían las olas. Ahí había un hombre que estaba pintando sobre el muro. El hombre había pintado un cayuco rojo con siluetas de gente a bordo, algunas de ellas habían caído por la borda y se hundían en el agua. Del otro lado ondeaba la bandera española.

Samuel caminó hacia el artista callejero y se detuvo a observarlo mientras éste daba una pincelada en el muro.

Rojo vivo sobre el bote; en la otra mano sostenía un pincel remojado en pintura negra. Se saludaron cortamente y Samuel señaló el rótulo: Barsakh.

—¿Qué significa eso? —preguntó en voz baja.

El hombre lo miró con simpatía por el interés mostrado.

—No eres musulmán, ¿verdad? —preguntó con una sonrisa. Samuel negó con la cabeza.

—En el islam, *barsakh* es una especie de estadio intermedio después de la muerte —le explicó—. Un sitio adonde se llega mientras se espera la llegada del Juicio Final.

Samuel asintió con la cabeza. Cuando el hombre lo había dicho, Samuel recordó la palabra debido a que había tenido amistad con niños musulmanes durante su infancia. Él había crecido en una familia cristiana, como la mayoría en Ghana. En Senegal era distinto, ahí la mayoría era musulmana.

—Salió un rap acerca de ello este año —continuó el artista—. ¿Lo has escuchado?

Samuel negó agitando la cabeza.

"Barcelona o Barsakh", dice el cantante, *Barcelona o la muerte* es el lema de muchos de los que viajan desde aquí.

El hombre inclinó la cabeza señalando la ciudad y las desquebrajadas casas. Samuel volvió a observar el mural, a la gente que había caído de la embarcación. Evidentemente, algunos de ellos nunca llegaron a su destino.

—¿Qué pasa con la gente que llega al otro lado? —preguntó Samuel—. ¿Pueden quedarse?

El hombre sonrió débilmente, escondiendo los ojos tras las gafas de sol.

—Ésa es la cuestión... Si llegan a las Islas Canarias y logran ocultar cómo se llaman y de dónde vienen durante cuarenta días, no los pueden enviar de regreso.

—¿Es cierto?

—¿Qué?

—Lo de los cuarenta días.

—Sí. Por eso hay tantos que viajan —respondió el artista y encendió un cigarro.

—¿Y qué pasa con los demás? —preguntó Samuel.

El hombre levantó los hombros.

—Unos son enviados de regreso; otros trabajan a escondidas, de manera ilegal, en las calles de Italia y España, y a algunos les conceden la residencia.

Desde luego, él sabía que Samuel había llegado ahí, a esa playa, para huir cruzando el mar. Hubo unos segundos de silencio mientras el hombre arreglaba una línea imperfecta a lo largo de la barca del mural. Samuel rompió la quietud de nueva cuenta.

—¿Y tú? ¿Piensas viajar?

El hombre sumergió el pincel rojo en el bote de pintura antes de contestar.

—No. No sé realmente si creo en otra vida que no sea ésta —dijo y continuó pintando. La conversación había llegado a su fin y Samuel siguió caminando por el puerto.

Los barcos estaban formados en filas e hileras a lo largo de la playa. Un hombre se lavaba las manos a la orilla del mar, el sol relumbraba a flor del agua y empezaba a bajar en algún lugar del oeste.

>><<

Esa misma noche, Samuel se sentó a platicar con algunos habitantes de la pequeña ciudad. Uno de ellos, que había cruzado el mar anteriormente, fue recibido por las autoridades españolas al llegar al puerto y, luego de permanecer tres meses en un campamento de la isla llamada Tenerife, había sido repatriado. El hombre les contó que como habían empezado a llegar tantos migrantes ahí, las reglas se habían tornado más severas y todo se había vuelto mucho más difícil. Varios de quienes estaban sentados alrededor escuchaban la historia. Daba la sensación de que todos conocían a alguien que había emigrado. Uno de ellos había perdido a su hermano en el mar, otro hombre más joven había intentado cruzar, pero, debido al mal tiempo, se había visto obligado a dar media vuelta luego de una semana. Aunque Samuel sintió un nudo en el estómago, era demasiado tarde para tener miedo. No había vuelta de hoja y el temor no le ayudaría en nada. Miró al joven que había intentado llegar a las Islas Canarias y le preguntó qué pensaba hacer ahora. El joven se rascó la mejilla y miró hacia el mar antes de responder.

"Voy a intentarlo de nuevo —dijo—. Mientras tenga vida, lo intentaré de nuevo."

Los inmigrantes

Emilie se arrodilló sobre la arena, justo frente a Samuel. Él iba descalzo, llevaba puesto un pantalón de mezclilla empapado y una playera con el anuncio de una compañía de telefonía celular. Ella miró una vez más hacia la lancha. ¿Y si había algún muerto a bordo? ¿Sería ella capaz de manejar la situación?

—¿Llamo a la ambulancia? –preguntó ella en voz baja–. ¿O a la policía?

Samuel la miró espantado y negó con la cabeza.

—No, a la policía no. A la policía no –susurró.

Emilie lo tomó de la mano y lo miró a los ojos.

—Está bien. Espera aquí –contestó ella antes de ponerse de pie y regresar al agua. Las olas le llegaban hasta los muslos cuando empezó a nadar en dirección al cayuco.

La lista de pasajeros

No había boletos, tampoco un registro con el nombre y la fecha de nacimiento de los pasajeros. Sólo nombres garabateados en distintos pedazos de papel, hallados en el cuarto del dueño de la embarcación. Si alguien se hubiera tomado la molestia de escribir algunas breves características como nombre, sexo y edad, la lista se hubiera visto así:

Samuel, joven, 17 años, Ghana.
Ibrahim, joven, 17 años, Benín.
Souleymane, hombre, 32 años, Costa de Marfil.
Abdoulaye, joven, 19 años, Senegal.
Abou, hombre, 21 años, Senegal.
Malick, hombre, 27 años, Senegal.
Esowa, hombre, 22 años, Benín.

Amadou, hombre, 21 años, Senegal.

Oumar, joven, 16 años, Senegal.

Djiby, hombre, 24 años, Senegal.

Ousseynou, hombre, 21 años, Senegal.

Alassane, joven, 19 años, Senegal.

Ndeye, señorita, 17 años, Senegal.

Djeneba y Ousmané, mujer 23 años, y niño de un año y tres meses, Malí.

Youssuf, joven, 19 años, Malí.

Moussa, joven, 18 años, Malí.

Traoré, hombre, 20 años, Malí.

Zakaria, hombre, 38 años, Togo.

David, joven, 15 años, Togo.

Yacouba, joven, 19 años, Guinea-Bisáu.

El mar

Era temprano por la mañana, el sol brillaba de forma obli-
cua sobre la playa y las cabras caminaban pavoneándose
sobre sus raquíticas patas. También había un grupo de
personas que se había reunido en torno a uno de los botes: niños de pecho, mujeres y hombres jóvenes. Uno de
estos últimos era Samuel. La embarcación estaba pintada
de colores amarillo, verde y rojo. Su nombre, una palabra
senegalesa que Samuel no entendía, estaba escrito a un
costado. El cayuco fue desplazado hacia el agua y los migrantes chapotearon para abordarlo. Veintiún personas
pegadas una a la otra, sin techo, chalecos salvavidas, GPS
o una carta náutica. Lo único con que contaban era la vo-
luntad común y la desesperación, la cual esperaban fuera
lo suficientemente grande para llevarlos a Gran Canaria.
Todos provenían de países cercanos: Benín, Senegal,

Ghana. Ahora estaban a punto de abandonar el continente que sus antepasados habían habitado desde el origen de la humanidad. Luego de arremangarse las piernas del pantalón subieron al bote y recibieron la carga: recipientes con agua y latas de conservas. Los víveres fueron colocados en el fondo de la barca junto a los bidones con gasolina. Cuando todos estaban en su lugar, el bote fue empujado hasta que perdió contacto con la arena del fondo. El sonido del motor fuera de borda viajó con el viento y el olor a gasolina se esparció por el agua. El cayuco empezó a andar sobre los topes espumosos de las olas que llegaban a la playa, para luego internarse en el mar. El ambiente era optimista, casi divertido.

"¡Barcelona o Barsakh!", gritó Abdoulaye, uno de los senegaleses más jóvenes, levantando el brazo. Varios más se sumaron: "¡Barcelona o Barsakh!", gritaron a coro. Ousmane, el niño de un año proveniente de Malí, también levantó el brazo: "¡Bassat!", gritó.

Su madre lo acalló y lo sentó sobre sus piernas. Mientras varios de los jóvenes se echaron a reír, Samuel notó que uno de los pasajeros más silenciosos movía la cabeza reprobando el hecho. Se llamaba Esowa, tenía veintidós años y era originario de Benín. Samuel se había fijado en él desde un principio, llamaban la atención su mirada escrutadora y su discreción. Por lo visto, él también tenía miedo de viajar. Samuel giró a su alrededor y vio que las casas se hacían cada vez más pequeñas. Por fin, pensó. Finalmente estaban camino al mar, el último tramito del viaje. Pronto llegaría a Europa, pensó mientras el cayuco escalaba la primera ola grande a las afueras del puerto. Pronto estaría en Madrid o en Barcelona, conseguiría trabajo en un café, o como vendedor o tal vez como albañil. Y no sería como en su país, donde uno trabaja desde temprano hasta el anochecer sin ganar más que para lo básico. En Europa podría reunir dinero para enviárselo a su familia, rentaría un lugar decente donde vivir, compraría la comida que se le antojara, conocería a una mujer, tal vez una de Ghana, una con quien pudiera tener hijos, fundar una familia. Cuando sus hijos crecieran, contaría con dinero para brindarles la educación que él nunca tuvo. Ellos podrían evitar el cultivo, la cosecha de cacao y los costales de cemento. Pronto, ahora, en cuanto llegaran al otro lado, a la vida después de esto. "Barcelona o Barsakh". Al último, las montañas desaparecieron entre el mar, lo único que tenían alrededor de ellos era agua, olas calmadas y el sol relumbrando sobre el océano. Samuel cerró los ojos y giró el rostro en dirección al sol. Por fin.

>><<

Un grupo de aves los siguió durante todo el primer día. El ambiente en el bote era tenso; unos y otros se platicaban de dónde venían, por qué habían dejado sus lugares de origen y sobre los problemas surgidos en el trayecto: la falta de dinero, la voracidad de los traficantes de personas, la guardia fronteriza. Únicamente Esowa, sentado de espaldas a los demás y con la mirada clavada en el horizonte, se mantuvo ajeno a la plática.

Cuando les daba hambre, abrían una lata de carne o de fruta que circulaban entre los pasajeros. Si alguien tenía que hacer del baño se sentaba sobre la borda, de manera discreta, en la parte trasera de la barca. El mar lucía tranquilo; la lancha se mecía entre las débiles olas bajo el cielo azul y claro con apenas unas líneas de nubes a lo lejos, nubes delgadas y translúcidas, como la seda de un vestido de novia en una serie de televisión, como en la vida al otro lado del mar.

Un grupo de delfines acompañó a la embarcación durante un rato; nadaban debajo de la proa y jugaban delante del casco. Más adelante les tocó ver un banco de peces voladores que de improviso salieron volando del mar y aletearon forzadamente con sus pequeñas alas pegados a la superficie, hasta que fueron alcanzados por una nueva ola y desaparecieron.

El sol se ocultó en el mar y el cielo se pintó amarillo-anaranjado, rojo y rosa, antes de ser cubierto por la oscuridad. Se turnaban el control de la barca, sostenían la vibrante pieza de metal entre los dedos, y maniobraban sorteando las olas con la mirada puesta en el horizonte. La luna se elevó sobre el mar haciendo brillar la cresta de las olas de la misma manera que lucía el oleaje de techos en los barrios pobres donde todos ellos habían crecido. Y las estrellas, las estrellas brillaban en el oscuro espacio como nunca antes Samuel lo había visto en otro lugar.

Permanecieron sentados pegados uno al otro, con las rodillas recogidas contra el pecho. El pequeño Ousmane lloró algunos minutos antes de caer dormido sobre el pecho de su madre; entonces llegó el silencio a bordo. A lo largo de la noche Samuel despertaba y se quedaba dormido, despertaba y se quedaba dormido, como un madero a la deriva atrapado por las olas a la orilla del mar.

>><<

El segundo día fue similar al primero. Empezaron a hablar sobre sus sueños, sobre dónde deseaban vivir, qué trabajo les gustaría tener. El muchacho sentado al lado de Samuel también tenía diecisiete años, se llamaba Ibrahim y era de Benín, como Esowa. Él soñaba con concluir la escuela en Gran Canaria y conseguir trabajo como mecánico automotriz. Dijo que amaba los autos y que en Occidente se hallaban los modelos más hermosos. Nada de chatarras como en Benín, sólo autos de verdad: Mercedes-Benz de dos puertas y llantas anchas, Porsche, Lamborghini.

Esowa sonrió con ironía y lo miró con desprecio, pero no dijo nada. "¿Por qué sonrió con malicia?", pensó Samuel. Justo cuando se lo iba a preguntar lo interrumpió Ibrahim, quien no se había percatado de nada y tan sólo prosiguió contando sobre su vida en Benín. Trabajaba traficando gasolina de la frontera con Nigeria en motocicleta; la diferencia de precio era tan grande que se había desarrollado toda una industria de pequeños traficantes que la transportaban en bidones por los reducidos y polvorientos caminos. Un día su motocicleta colapsó, el motor y el cambio de velocidades se averiaron; Ibrahim no tenía dinero para repararla y como la competencia era tan grande, su familia sugirió que mejor hiciera el viaje a Gran Canaria. Como todavía no cumplía los dieciocho lo dejarían entrar de manera automática. Ibrahim sacó su pasaporte y señaló la fecha de nacimiento. Samuel sintió que el corazón le latía fuertemente en el pecho.

—¿Y qué pasa con los mayores de dieciocho? Yo pensé que también podían quedarse —preguntó.

—Sólo si no descubren cómo te llamas y de dónde vienes —contestó Ibrahim—. Como son tantos los que llegan, se han vuelto más estrictos últimamente. ¿Cuántos años tienes?

Samuel lanzó un suspiro y sonrió.

—Cumplo dieciocho años en dos semanas y media.

Ibrahim se echó a reír y le dio una palmada en el hombro.

—Entonces lo alcanzas ¡justo!

Samuel afirmó con la cabeza.

—Esperemos que así sea.

—Claro que sí. Ocho o nueve días, a partir de ahora, y ya estamos allá.

Volvió a hacerse silencio. Samuel miró hacia el mar, justo enfrente de él estaba sentado Souleymane, un apacible hombre recién entrado en los treinta y originario de Costa de Marfil.

La playera de tirantes que llevaba puesta resaltaba la fortaleza de su torso y los músculos de sus brazos, adquiridos tras haber trabajado por más de diez años en la cosecha de cacao. Siendo niño, Samuel había trabajado en un plantío de cacao para que su familia tuviera un poco más de dinero, por ello sabía lo pesado que era, además, obviamente, porque su padre siempre había trabajado ahí. Samuel y Souleymane se quedaron platicando sobre las largas jornadas de trabajo, el efecto en los brazos y la desesperación por los bajos salarios. Souleymane le contó que como el precio del cacao había caído en el mercado mundial, el salario se había reducido cada vez más en los últimos años. Ahora era más bajo que en los años ochenta, le dijo. Al final ya no le convino y otros trabajadores tomaron su lugar: inmigrantes de Malí y Sierra Leona, niños, gente que aceptó trabajar por prácticamente nada.

"Ahora prefiero probar suerte allá", dijo Souleymane señalando hacia adelante. En ese mismo instante, la parvada que los había acompañado tomó otra dirección. Se escuchó un último chillido proveniente de un pajarito gris, luego vino el silencio que dejó a los migrantes aún más solos con ellos mismos. Veintiún personas, unas pegadas a las otras, todas con las piernas recogidas contra el pecho.

Las horas pasaron, Samuel se levantó y estiró piernas y brazos lo mejor que pudo en el estrecho bote. Pronto sería su turno de conducir, su turno de sentarse en la parte trasera del cayuco con el vibrante timón en la mano y la mirada fija contra todo lo azul, contra el mundo que yacía escondido en algún lugar detrás del horizonte.

>)<(

El tercer día todos se mantuvieron sentados casi en silencio, sin hablar. Habían empezado a tener dolores musculares debido a la incómoda posición y se turnaron para que unos se acostaran sobre las piernas de los otros. Sólo Esowa siguió apartado de los demás sin quitar la vista del mar. Las olas se movían lentamente; el único sonido era el imparable zumbido del motor.

>)<(

El cuarto día un buque portacontenedores pasó a pocos cientos de metros. Como apenas estaba amaneciendo, la mayoría seguía dormida y Samuel despertó de golpe cuando escuchó la bocina. Al asomarse sobre la borda, un muro anaranjado de metal cubría todo el campo de visión, desde la superficie del agua hasta las nubes. Así de grande era el buque que en cubierta llevaba contenedores de todos colores, apilados unos sobre otros. En el puente de mando había un hombre de tez blanca con binoculares; los migrantes le hicieron señales agitando la mano mientras las embarcaciones navegaban una enfrente de la otra. El buque desapareció pronto sobre el horizonte y otra vez todo era mar, olas, la luz del sol brillando en el agua a lo largo del casco.

Samuel, que había comenzado a tener dolores de cabeza, llevaba entre sus brazos al hijo de Djeneba, la mujer de Malí, mientras ella se encontraba haciendo del baño en la borda.

El niño dormía tranquilo sobre su pecho cuando Samuel sintió miedo repentino por lo que pudiera ocurrir con ellos; era como si la criatura le recordara lo vulnerables que eran estando ahí, el poco control que poseían sobre lo que pudiera ocurrir. Samuel hizo a un lado sus pensamientos y se inclinó para oler la cabeza del niño. Siempre era el mismo aroma, como en casa con sus hermanos menores, como con los hijos de los vecinos y de los familiares. Olor a piel limpia, a cabello húmedo y dócil. El olor de un nuevo inicio.

>><<

Los días cinco, seis y siete se entremezclaron; Samuel talló una raya sobre la borda por cada uno de ellos con la navaja que le había dado su hermano. Los migrantes se lavaron en la borda y algunos de ellos enjuagaron su ropa en el mar. Pantalones y playeras fueron tendidos bajo el sol. Ousmane usaba pañales de tela que su madre cambiaba constantemente, pero esto de poco servía para evitar las rozaduras en los muslos debido a que la tela se ponía tiesa con el agua salada.

>><<

El octavo día hubo una discusión. Esowa dijo que David bebía demasiada agua de las botellas y, aunque poco a poco se calmaron, no llegaron a ningún acuerdo. Ambos se quedaron sentados en silencio, mirando en distintas direcciones hacia el mar.

>><<

El noveno día se les acabó la gasolina. Era de tarde, el sol quemaba y habían detenido el cayuco para llenar el tanque con un bidón de combustible, como lo habían hecho todos los días. Esta vez era el turno de Abou, el joven de 21 años proveniente de Senegal. Abou le dio vuelta a la tapa del bidón y empezó a llenar el tanque cuando llamó su atención el color del líquido; no parecía ser para nada el correcto, entonces paró y acercó la nariz al recipiente para oler.

"¿No es esto agua?", dijo con escepticismo en el rostro. Hubo unos segundos de silencio. Souleymane pasó por encima de los pies en dirección a la parte trasera, junto al motor, para oler. Abou estaba en lo correcto. Tomaron otro bidón, sin embargo, tenía el mismo contenido: agua con un débil olor a gasolina y plástico. Souleymane talló duramente su rostro con la mano, de la frente a los ojos y a la boca. Luego se inclinó para abrir el último bidón con gasolina; todos siguieron con tensión sus movimientos;

él se acercó a oler el contenido y negó agitando la cabeza. Esowa golpeó el motor con la mano y blasfemó a gritos en dirección al mar. Ousmane se puso a llorar de miedo y Esowa volvió a calmarse. Varios de los jóvenes empezaron a discutir qué era lo que había pasado. ¿Los habían engañado? ¿Les habían dado gasolina de menos de forma deliberada, para ahorrar dinero, o quizás había sido un error? ¿Había calculado mal el dueño? ¿Se habían equivocado de bidones?

Las discusiones se llevaron a cabo en distintos idiomas; al final llegaron al punto inevitable, el momento de decidir qué iban a hacer en adelante. ¿Qué esperanza tenían de poder llegar algún día al otro lado? ¿Cuánto combustible les quedaba? Souleymane revisó el tanque de gasolina: "Alrededor de medio tanque", dijo.

Eso les sería útil algunas horas si navegaban a ritmo lento y uniforme. Samuel contó las rayas que había hecho a la lancha: llevaban nueve días de viaje; se encontraban, probablemente, a uno o dos días de su meta, pero ¿sin motor?

Souleymane cerró la tapa del tanque de gasolina y dijo que sólo quedaba seguir tan lejos como fuera posible, ya después verían qué hacer. Encendió el motor, la lancha avanzó hacia el frente formando una línea blanca de espuma detrás suyo, como las líneas dejadas en el cielo por un avión.

Nadie hablaba, nadie contaba chistes ni tarareaba o narraba cómo era la vida en su lugar de origen. Todos permanecieron sentados en silencio, en espera del sonido que tarde o temprano llegaría, el de un motor que para.

Ello sucedió ya entrada la noche. Primero vino el sonido cortado del motor, la hélice empezó a moverse lentamente y luego, cuando las últimas gotas de gasolina hicieron combustión, se escuchó un par de estruendos provenientes del motor. Entonces se detuvo la hélice y el cayuco avanzó lento sobre el agua hasta finalmente parar y quedar a la deriva. Silencio.

—¿Y ahora qué hacemos? —preguntó Ibrahim con los ojos llenos de miedo. Djeneba le dio una sutil palmada a su hijo en la espalda.

—Ahora sólo Dios decide —contestó ella en voz baja y se puso a rezar. Varios de los demás se unieron; unos le pedían a Dios, otros a Alá, y algunos más a dioses de los cuales casi nadie se acuerda. La noche cayó sobre los cuerpos acurrucados. Silencio y oscuridad.

>><<

Todo el décimo día navegaron lentamente sobre lo azul sin saber adónde los conducía la corriente. De tener mala suerte, podrían ser atrapados por la corriente de viento que sopla de la parte exterior de África hacia el océano Atlántico: los vientos alisios. En el peor de los casos llegarían al Caribe al paso de unos meses, mucho tiempo después de que todos hubieran muerto. Pero no parecía que se dirigieran hacia el oeste; entre los hombres con mayor edad a bordo había un pescador senegalés que había estado observando las estrellas y afirmó que el curso mantenido era correcto, hacia el norte, que contaban con la fortuna de estar en esa época del año, dijo.

Los migrantes conservaron el agua que estaba en los bidones de gasolina y la bebieron, a pesar de que sufrían dolores de cabeza por ello.

›‹‹

El treceavo día se quedaron sin alimentos.

›‹‹

Al decimosexto día murió el primero de ellos: Zakaria, treinta y ocho años, de Togo. Lo descubrió Traoré, el joven maliense de veinte años que viajaba a su lado. Traoré lo sacudió de los hombros sin obtener respuesta alguna; Zakaria siguió acostado sin moverse, con la boca abierta, los labios secos y su playera roja. Rezaron por él y luego lo arrojaron al mar. Para ocultar lo acontecido, Djeneba se puso a jugar con Ousmane sobre sus piernas. Detrás de ellos se escuchó un chapoteo cuando Zakaria hizo contacto con el agua. Desde la borda, Samuel observó cómo se sumergía lentamente la playera roja hasta desaparecer en la profundidad. El hambre había devorado a Samuel y le hizo pensar, por un instante, que en lugar de tirar a Zakaria debieron habérselo comido.

El solo pensamiento lo hizo agachar la cabeza de vergüenza.

Traoré, quien se encontraba sentado a su lado, lloró en silencio. Las lágrimas rodaron por sus mejillas.

>>‹‹

Al decimoséptimo día Samuel dejó de hacer rayas sobre la borda y lanzó su navaja al mar. El hambre había empezado a disminuir. Los últimos días lo había roído como un animal, pero ahora parecía ceder. Samuel parpadeó y observó el desbarajuste de brazos, piernas y cabezas agachadas. Hedían. Apestaban a orines, sudor y excremento. Ya nadie contaba con ánimos para lavarse o enjuagar la ropa, se la pasaban tirados en los mismos pantalones y las mismas playeras día tras día.

>>‹‹

El decimoctavo día volvieron a discutir por el agua. Habían acordado que como Djeneba amamantaba, la mayor parte del agua pura la tomaría ella, pero Esowa, quien casi no había abierto la boca durante el viaje, rompió el silencio y arrebató el bidón con agua de manos de Djeneba.

—¿Por qué ha de tomar ella más agua que nosotros? —gritó mientras sostenía el bidón. Había algo amenazador en su postura, en el desafiante tono de voz y la manera en como sostenía el recipiente. Djeneba retrocedió y apretó a su hijo contra su cuerpo. Al final, Souleymane tomó la palabra.

—Ella recibe más agua porque amamanta —le contestó con una voz calmada y manteniendo el control.

—Pero, por Dios, ¿no entienden que de todos modos se va a morir? —prosiguió Esowa—. Los demás contamos con la posibilidad... ¡¿Pero él?! ¡Es una total estupidez!

Las olas seguían golpeando contra el casco del bote, Esowa seguía de pie con el bidón entre sus manos. El niño se sentó en el regazo de su madre, Souleymane le pidió a Esowa tomar asiento, pero éste continuó de pie con su obstinada expresión. Samuel metió la mano a la bolsa donde solía portar la navaja y buscó a tientas unos segundos, antes de recordar que la había tirado por la borda. Ibrahim dijo algo en yoruba, una lengua que sólo él y Esowa entendían. Trataba de apaciguarlo, pero fue interrumpido por Souleymane, quien tomó de nuevo la palabra.

"A ver —dijo levantando la voz para que todos lo escucharan—. Si alguien está de acuerdo con Esowa, que levante la mano ahora."

Oumar y Djiby la levantaron titubeantes. Por lo encorvado de sus cabezas se notaba que les avergonzaba hacerlo, pero aun así levantaron la mano. Los demás permanecieron quietos.

Esowa volvió a sentarse.

"Muy bien —dijo Souleymane en tono hosco—, ya está decido; si hay alguien más que esté en desacuerdo con otras cosas, que venga conmigo ahora. ¿Está bien? –nadie contestó–. ¡Pregunté que si está bien! –gritó en esta ocasión."

Oumar afirmó moviendo la cabeza antes de volver a sumirse. Samuel sintió que la sangre le corría por todo el cuerpo, mientras otros intentaron iniciar conversaciones para dejar atrás lo ocurrido. Esowa se mantuvo sentado de espaldas y sin hablar en la parte trasera de la lancha. Las olas continuaron chocando contra el casco del cayuco, la noche llegó por fin y cubrió todo con su enorme y silenciosa oscuridad.

>><<

A la mañana siguiente, el decimonoveno día, encontraron muerto a Ibrahim. Souleymane y Esowa lo levantaron sobre la borda, dando la sensación de una tregua. Samuel estaba sentado a un lado y el agua le salpicó la cara cuando el cuerpo de Ibrahim cayó al mar. El cadáver navegó a la deriva algunos metros, se meció con tranquilidad sobre la superficie del mar y empezó a hundirse; primero los pies, el tronco, los brazos, al último se hundió la cabeza. A Samuel le pareció como una mancha oscura que disminuía de manera paulatina hasta desaparecer por completo. Lo único que se podía ver en el mar eran los colores azules y los rayos del sol seccionando el agua. Samuel se recostó de espaldas y dormitó con el calor. Las horas transcurrieron.

De repente escuchó algo: un chapoteo. Una bandada de peces voladores se dispersó con las olas, probablemente asustados por algo debajo de éstas. Al principio sólo uno de los peces fue a parar a la lancha, pero de inmediato volaron otros cinco a bordo. *Cataplum, cataplum, cataplum*. Los peces quedaron tendidos en el piso, pegaron brincos, intentaron respirar y finalmente extendieron sus largas alas por ambos costados.

Los viajeros dieron gracias a Dios y compartieron los pescados. Era la primera vez que Samuel comía pescado crudo y el sabor no era tan malo como lo había imaginado. Todavía tenían agua y el mar aún seguía tranquilo a su alrededor.

>><<

Samuel cumplió dieciocho años el vigésimo día y, por primera vez, lloró. Lo hizo durante la noche, cuando nadie podía verlo. Sacó el pasaporte de su bolsa y lo tiró al mar, éste flotó lento y apenas brilló un poco con la luz de la luna antes de hundirse en el agua oscura. ¿Cuánto tiempo quedaba antes de que el resto de su ser siguiera el mismo destino?

>><<

El vigesimosegundo día fallecieron otros cuatro: Abdoulaye, Oumar, Ndeye y Youssuf. Como todos mantenían los ojos cerrados mientras permanecían tendidos bajo el sol quemante, se había vuelto difícil distinguir a los vivos de los muertos.

Lo notaron cuando empezaron a pasar el bidón con agua y ninguno de ellos lo recibía. Ninguno de ellos reaccionó cuando le hablaron ni cuando lo sacudieron. Las cabezas y los brazos únicamente se desvanecieron hacia un costado. Souleymane checó el pulso de los cuatro, luego le pidió ayuda a Samuel para levantarlos sobre la borda. Los cuerpos eran pesados; los brazos y las piernas oscilaban inertes. Los rostros lucían lisos, inocentes.

Uno tras otro se hundieron en las profundidades sin discurso de despedida ni últimas palabras. Sólo los levantaron, sólo el mar se abrió para tragarse sus cadáveres.

Abdoulaye

Si hubieras podido escoger un recuerdo de lo que fue tu vida, ¿cuál sería? ¿La sensación de felicidad que tuviste como niño al acostarte pegado a tu madre? ¿O los labios de tu primera novia y el aroma de su aliento contra tu rostro? ¿O tal vez el calor del sol sobre tu piel en el patio de tu casa?

Oumar

Contigo desaparece el recuerdo de una ocasión en que fuiste a pescar con tu padre, cuando eras apenas un niño, de los pájaros que aleteaban justo sobre ustedes, de la alegría cuando el hilo de pescar dio un tirón, y de la mirada que tu padre tenía mientras cantaba sentado y destripaba el pescado.

Ndeye

Si alguien que te conoció de cerca diera un discurso en tu memoria, resaltaría tu sonrisa, tu amplia sonrisa. Contaría sobre tu risa contagiosa, sobre lo mucho que adorabas viajar al centro de la ciudad, sobre tus visitas a la tienda de discos donde pasabas horas escuchando música nueva: Angélique Kidjo, Rokia Traoré, Keane, Coldplay.

Ahí te la podías pasar con los ojos cerrados, las manos puestas sobre los audífonos y una amplia sonrisa, mientras tu cuerpo se contoneaba de lado a lado.

Youssuf

Tus manos, de diecinueve años, lucen toscas por el trabajo con cemento en la construcción. Contigo se esfuman los recuerdos del sol brillando entre el polvo del cemento, el reflejo en el metal de las grúas, las largas pausas para comer y escuchar radio.

>><<

Samuel volvió a acostarse. En algún sitio de la embarcación había alguien llorando.

>><<

Al salir el sol, el vigesimotercer día, se encontraron con una bandada de aves. Era una buena señal; significaba que estaban acercándose a tierra. Horas más tarde también vieron nubes por primera vez. Souleymane sacudió ligeramente a Samuel y señaló la prolongada nube, mostrando una lánguida sonrisa: "¿Sabes qué significa eso?" Samuel negó moviendo la cabeza, su experiencia con el mar era nula.

"Fíjate en la forma de la nube –continuó Souleymane–. Ese tipo de nubes se forman sobre las islas. La isla debe ser apenas un poco más pequeña."

Souleymane usó las manos para mostrarle el tamaño al que se refería.

Horas más tarde vieron la franja oscura de tierra bajo la nube. Souleymane tenía razón, la isla era casi igual de grande, como una imagen en el espejo.

>><<

El vigesimocuarto día se hallaban tan cerca de tierra que podían ver las olas reventando sobre las rocas. Samuel observó al interior de la isla desde el bote: una carretera, una playa. De repente la vio a ella, una joven rubia en ropa deportiva a la orilla de la playa. Él levantó los brazos agitándolos para llamar su atención, ella agitó la mano titubeante. A Samuel le dieron ganas de reír. ¡Lo habían logrado! Habían llegado.

Habían llegado.

La casa abandonada

Emilie nadó hacia ellos mientras un par de jóvenes, un niño y una mujer vestida con un holgado y colorido traje observaban desde la lancha sumidos en silencio. Emilie tomó la soga y la ató a su muñeca antes de nadar nuevamente en dirección a la playa. La soga parecía ser lo suficientemente larga como para permitirle avanzar un tramo hacia tierra, lo cual facilitaría remolcar la lancha, pues dudaba poder nadar con una embarcación tan grande a sus espaldas. ¿Qué otra cosa podía hacer? No podía pedirles que nadaran, no estaban en condiciones para hacerlo. Entonces sí tendría que pedir auxilio, no le quedaría otra opción.

La cuerda colgaba a lo largo y empezó a rozarle la pierna mientras nadaba. Emilie levantó la cabeza,

Samuel estaba parado a la orilla de la playa mirándola. Varios más en la lancha habían recuperado energías y se asomaron a verla desde la borda. La cuerda empezó a tensarse, ella metió la cabeza debajo del agua para ver qué tan hondo estaba. El fondo no estaba lejos, al bajar los pies el agua le llegaba a los hombros. Emilie sujetó la cuerda con ambas manos y comenzó a jalar la lancha; jaló tan fuerte como le fue posible, pero la embarcación apenas se movió dando un pequeño giro hacia ella. Los brazos le temblaban, el agua goteaba de la cuerda y brillaba con la luz del sol cuando el bote por fin empezó a desplazarse. Una vez estando en movimiento todo fue más fácil. Emilie reclinó el cuerpo hacia atrás y remolcó la embarcación de madera, metro a metro, tierra adentro. Cuando se encontraba cerca de la orilla, Samuel llegó para ayudarle a jalar durante el último tramo hasta que la embarcación quedó encajada en la arena. La mujer del niño se sujetó de la borda con el brazo que llevaba libre y tomó asiento, mientras un hombre mayor que ella se preparaba para descender desde proa. Emilie entró de nuevo al agua, apoyó el brazo del hombre sobre su hombro y lo ayudó a bajar. Samuel le tendió la mano a la mujer del niño y, uno tras otro, los inmigrantes fueron caminando entre las olas hasta la playa. Varios de ellos hedían de tal forma que Emilie tuvo que hacer un gran esfuerzo por no vomitar. Luego se sentaron alineados sobre la arena: trece hombres de distintas edades, una mujer y un niño de aproximadamente un año. Todos estaban agotados y afónicos, tenían los ojos sumidos; parecía como si hubieran visto algo de otro planeta. La mujer intentó amamantar al niño, pero éste giró la cabeza lejos del pezón y comenzó a llorar. La mujer, aún con la mirada exhausta, volteó a ver a Emilie. "¿Agua?", le preguntó la mujer en inglés.

Emilie afirmó con la cabeza, se dirigió veloz hacia sus pertenencias y le ofreció a la mujer su botella con agua. La mujer tomó un trago antes de colocar la botella en la boca del niño; muy pronto estuvo vacía la botella. Emilie tenía que ir por más, y no sólo por agua, también por alimentos. Deberían estar completamente muertos de hambre. Emilie se giró hacia Samuel una vez más.

—¿Estás seguro de no que no deberíamos contactar con la policía?

—Sí. Así estamos bien —contestó él.

Aunque algunos de los otros asintieron con la cabeza, la mayoría la mantuvo agachada. "Lo saben —pensó Emilie—, saben que de ser descubiertos sólo serían enviados de regreso. ¿Cómo es que se atrevieron a cruzar el mar arriesgando su vida si lo sabían?"

—Sólo necesitamos un poco más de agua —agregó Samuel.

Emilie se detuvo a pensar por un momento, se puso nuevamente la playera y las mayas para correr.

Sintió la mirada de Samuel sobre su cuerpo. También necesitaban algo de comer, pero la distancia hacia el centro era larga. Entonces señaló la casa abandonada que apenas se podía vislumbrar desde la playa.

—¿Tienen fuerzas para llegar allá?

Hubo silencio. Un ave marina color blanco aleteó encima de ellos y soltó un graznido sobre el mar. Samuel volvió a dirigir la mirada hacia Emilie con ojos de escrutinio.

—¿Es segura?

Emilie levantó los hombros. ¿Segura? ¿Qué podía ser seguro para ellos estando aquí si las autoridades trabajaban para mandarlos de regreso a su lugar de origen, al lugar de donde habían huido arriesgando la vida?

—Al menos está vacía... –respondió ella.

Nadie dijo nada, lo cual significaba que nadie tenía una mejor propuesta. Empezaron a caminar; primero Emilie, enseguida Souleymane, quien ayudó a la mujer a cargar al niño cuesta arriba, sobre la brecha y el camino de grava. Emilie volteó varias veces para checar cómo iban los demás, para ver si les era posible realizar el esfuerzo.

"Ya casi llegamos", dijo ella para animarlos. Únicamente Samuel levantó la cabeza y le sonrió; los demás tenían suficiente consigo mismos con poner un pie delante del otro. Emilie volvió a distinguir la casa casi llegando a la cima y la señaló.

"¿Hay alguien ahí?", preguntó Samuel. Ella negó moviendo la cabeza y dijo que el dueño no estaba. Pero ¿podía estar realmente segura? ¿Y qué con las gallinas que había visto en el patio? ¿Qué harían si el pescador ya había regresado?

Emilie abrió la verja; la casa estaba en silencio, tenía paredes de tabicón embadurnadas de cemento en sus uniones, sin pintar, y un techo de lámina. Emilie tocó la puerta, pero nadie contestó. Volvió a tocar una vez más por seguridad. El niño, quien se había quedado dormido en el camino con el balanceo, empezó a llorar. Su madre lo calmó meciéndolo de nuevo. Uno de los hombres observó una gallina corriendo por el patio. Emilie giró la manija; la puerta no estaba cerrada; entonces abrió con cuidado y entró a la casa.

"¡Hola! –exclamó ella en inglés. Nadie contestó. También intentó en español–. "¡Hola…!"

Como nadie respondió, decidió pasar al interior con cautela. El piso de cemento conducía hacia la cocina y a algo parecido a una sala de estar. Periódicos doblados, ramas y bolsas de plástico se hallaban esparcidos por doquier. En la cocina había una barra con varias botellas llenas de agua, una pequeña mesa con una silla de madera trenzada y una estufa con un llamativo tanque de gas color anaranjado a un lado. El más viejo de todos, un hombre con camiseta negra de tirantes y barba ensortijada, fue directo hacia las botellas de agua y le llevó dos a la señora del niño. Cada quien tomó una y bebieron. Emilie permaneció parada entre ellos en silencio, sin saber qué hacer o decir. El hombre de la camiseta negra pasó el agua a los demás y caminó hacia el refrigerador: "Samuel –dijo–, ¿me ayudas a buscar algo de comer?"

Emilie los ayudó a revisar la alacena; el refrigerador estaba casi vacío, sólo había dos naranjas y un cajón con cebolla. Emilie tomó las naranjas y se las entregó a la mujer, quien procedió a quitarles la cáscara. Los demás esperaban impacientes alrededor; cada uno recibió su gajo de naranja y cerró los ojos mientras sus dientes mordían la pulpa. El primer bocado en muchos días. Algunos sólo permanecieron sentados a lo largo de la pared con la cabeza agachada, exhaustos.

Siguieron buscando y en una alacena hallaron jitomates, peras y jamón enlatados. Era un buen inicio. Emilie buscó un abrelatas en los cajones antes de descubrir uno colgado en la pared; Samuel empezó a abrir una lata con peras, pero las manos le temblaban, y Emilie tomó su lugar. Dos inmigrantes, con desesperación en la mirada, se colocaron al lado de ella en espera de la primera lata abierta. Uno de ellos le arrebató el hermético tan pronto como le había quitado la tapa, pero el hombre de la camiseta con tirantes lo detuvo y le pidió sentarse. Dijo que tenían que compartir. Emilie observó la mirada del joven, mientras éste se giraba para reunirse con los demás: era de odio. ¿En qué diablos se había metido? ¿Sabía al menos si se encontraba segura? Mientras se lo preguntaba abrió las demás latas, Emilie se cuidó de no darles la espalda. Samuel y el hombre de camiseta con tirantes llevaron los enlatados hacia el grupo y ahí los fueron pasando de mano en mano. Varios de ellos comieron con las manos en lugar de usar tenedor. Algunos tomaron la mitad de una pera con la mano y se la metieron a la boca sin más, concentrándose en masticar mientras el jugo escurría entre sus dedos. Otros fueron más prudentes con la porción que tomaron. Uno de ellos sintió náuseas debido al olor, dijo que no soportaba comer, pero el hombre de la camiseta con tirantes tomó una cuchara y le dio algunas cucharadas de almíbar. Éste volvió a sentir náuseas y tuvo que esperar antes de volver a probar la comida. Los musulmanes pasaron el jamón sin probarlo; la mujer alimentó a su hijo con una cuchara para té. Emilie se quedó de pie como petrificada mientras observaba la manera en que comían, su hambre atroz. Ella ni siquiera se había percatado de cómo los estaba mirando hasta que Samuel la tomó del brazo y la invitó a tomar asiento. Había lugar entre él y el hombre de la camiseta de tirantes. La parte superior de su bikini todavía estaba mojada y había formado dos círculos sobre la playera a la altura de los senos. Ella separó la playera un poco de su cuerpo, recibió la lata con peras y se la pasó a Samuel.

—Gracias –dijo Samuel una vez más y le dio una palmada en la rodilla. El hombre de la camiseta negra inclinó la cabeza en señal de agradecimiento y sonrió cálidamente.

—¿De dónde eres? –preguntó Samuel.

—¿Yo? –respondió Emilie–. Soy de Noruega.

Samuel tragó un pedazo de pera y recibió la lata con jamón, la sostuvo frente a Emilie para que ella también tomara si así lo deseaba, pero ella negó moviendo la cabeza.

—¿Noruega? –prosiguió Samuel–. ¿En Suecia?

Emilie sonrió.

—No, Noruega también es un país. Están uno al lado del otro. ¿De dónde es usted? –le preguntó al hombre de la camiseta de tirantes. Aunque se había volteado, Emilie aún podía sentir la mirada de Samuel sobre su nuca.

—Me llamo Souleymane y soy de Costa de Marfil –respondió y tomó algo de jitomate de una lata–. Los demás son de Senegal, Benín, Togo, Malí. Emilie asintió con la cabeza, a pesar de que nunca antes había escuchado sobre Benín y Togo. Samuel señaló a los demás migrantes y fue diciendo el nombre de cada uno de ellos: Traoré, Amadou, Ousseynou. Algunos desviaron la mirada de la comida y sonrieron al escuchar su nombre, otros no mostraron ninguna reacción, unos siguieron comiendo y otros tenían la mano puesta sobre el estómago como si estuvieran a punto de vomitar. Emilie puso especial atención al nombre de los dos jóvenes que habían intentado quitarle la lata de comida: Esowa y David.

Ousmane, el niño pequeño, dormía recostado en el pecho de su madre. La conversación se desarrolló en distintos idiomas: francés, inglés y lenguas que ella no entendía. Emilie los observaba sin terminar de creer que habían sido capaces de cruzar el mar en la pequeña embarcación. Debieron haber estado desesperados. Ella volvió a girarse hacia Samuel.

—¿Samuel?

—¿Sí?

—Dijiste que habían estado a bordo durante más de veinte días... ¿No tenían miedo de viajar en una lancha tan pequeña?

—Claro.

—Pero de todos modos viajaron.

—No teníamos otra alternativa.

—¿Está tan mal el lugar de donde vienes?

—No está tan mal, pero no hay trabajo, ningún futuro. Lo mismo les pasa a los demás que están aquí; ocurre lo mismo en toda África Occidental.

—¿Cómo? –preguntó Emilie.

—La gente es pobre, los trabajos están mal pagados o son peligrosos. En cambio aquí... –Samuel extendió los brazos para explicar a qué se refería–. Aquí en Europa...

Abou, un raquítico joven alrededor de los veinte años que estaba sentado a su lado, le ofreció la lata con peras. Samuel la sostuvo frente a Emilie, aún quedaba un pequeño trozo.

—No, gracias –dijo Emilie–. Tú lo necesitas más que yo.

Samuel afirmó débilmente con la cabeza. Emilie sintió que él había lanzado una rápida mirada a los delgados brazos de ella antes de meterse el pedazo de pera a la boca.

—¿Sabes quién vive aquí? –preguntó él.

Varios de los demás interrumpieron sus pláticas para escuchar su respuesta.

—Al parecer un pescador –contestó Emilie–. Creo que va a estar fuera algunos días.

—¿Y tú cómo sabes?

—Hablé con un hombre cuando pasé corriendo por aquí. Fue él quien me lo platicó.

—Muy bien –intervino Souleymane–. Eso nos da un poco de tiempo.

—¿Qué piensan hacer ahora? –preguntó Emilie.

Samuel la observó una vez más con la misma mirada escrutadora. Esto puso a Emilie algo nerviosa. ¿Qué era lo que él veía?

—Primero vamos a reponer energías –contestó Samuel en voz baja–. Y luego...

En ese momento sonó el teléfono de ella: *old pho-ne*. Emilie miró la pantalla, era su padre. Ya eran las cinco, llevaba varias horas fuera.

—¿Bueno? –contestó ella hablando en noruego. Los demás guardaron silencio, dejaron de masticar y evitaron mover las latas. Su padre le preguntó dónde andaba.

—Estoy bien –dijo ella, aunque no era eso lo que él le había preguntado–. Encontré una playa y me quedé a nadar.

Esto era casi verdad, algo que había aprendido durante los últimos años: si se trata de mentir, lo mejor es decir algo cercano a la verdad para evitar ser descubierto.

—¿Estás lejos? –preguntó su padre–. Espero que no te hayas alejado mucho de la playa al nadar, puede ser peligroso cuando...

Emilie lo interrumpió.

—No, papá. Ya estoy en camino. Adiós.

Ella colgó el teléfono, los demás la miraron y empezaron a comer de nuevo.

—¿Era tu padre? –preguntó Samuel.

Emilie confirmó con un movimiento de cabeza.

—Tengo que irme –dijo ella.

Samuel la tomó de la mano.

—¿Vas a regresar? –preguntó deslizando el pulgar sobre su mano. El rostro de Samuel estaba tan cerca del de ella que Emilie podía percibir el olor a pera proveniente de su boca. La mirada era seria, casi suplicante.

—Sí –dijo ella tratando de sonreír–. Voy a comprar más comida y regreso. Lo prometo.

Comida, noche

Emilie corrió tan rápido que le vino un sabor a sangre a la boca. Pasó frente a un pequeño supermercado cerca del hotel, una tienda de alimentos cuya entrada estaba bloqueada por bastidores con juguetes de playa: botes y palas en varios colores, flotadores enormes con forma de cocodrilos y delfines. La comida se hallaba en el interior: pan, embutidos y pollo, pero Emilie no llevaba dinero consigo. En la habitación del hotel tenía cincuenta euros que podía usar como quisiera durante las vacaciones, pero cómo podría recoger el dinero y salir nuevamente sin que sus padres se preguntaran qué ocurría. No era posible, aunque tampoco podía esperar hasta la noche para salir a escondidas. Faltaba demasiado tiempo para ello y, por lo visto, bien podría morir alguno de los inmigrantes mientras ella estaba ausente. Por ejemplo, el hombre que ni siquiera había logrado comer. ¿Qué podría hacer entonces? De pronto pensó en el hotel de al lado, en el bufet. En una situación normal, la idea le habría causado repugnancia. El solo hecho de pensar en toda la grasa le habría provocado náuseas, pero esto era diferente. El bufet era una opción; si ella fingía ser uno de los huéspedes, podría tomar algo de comida, aunque no la suficiente para quince personas. Emilie se imaginó entrando al hotel para llenar dos bolsas con comida: arroz frito con pollo, verduras a la parrilla, albóndigas en salsa de chile y fruta fresca en rebanadas. No era posible. Emilie jaló aire y siguió corriendo hacia el hotel-apartamento donde estaban hospedados.

Sus padres estaban arreglados y listos para salir cuando ella cruzó la puerta, mientras Sebastian se hallaba en el sofá inmerso en un videojuego. Su padre sonrió y caminó hacia ella.

—¿Corriste alrededor de toda la isla o qué pasó? –le preguntó antes de darle una palmada en el hombro.

Emilie afirmó moviendo la cabeza, aún sin recuperar el aliento.

—Dos veces –dijo ella.

Su padre soltó una breve sonrisa y su madre la tomó de la mano, algo que no solía hacer. Probablemente habían acordado no regañarla.

—Te tardaste mucho; ya habíamos empezado a preocuparnos por ti.

—Perdón –dijo Emilie y retiró su mano. El pulso y la respiración empezaban a estabilizarse.

—Vamos a salir a comer –continuó su padre, restándole importancia al episodio. Así resultaba más fácil para ella.

—Está bien.

—¿Quieres darte una ducha –continuó él en tono amable–, mientras te esperamos aquí?

—No necesito ducharme –contestó ella y sonrió agradecida–. Vengo de bañarme en el mar.

Emilie entró apresurada a la recámara, tenía que regresar a la casa lo más pronto posible, regresar con Samuel y los demás. Se quitó la ropa deportiva y el bikini mojado, se puso lo primero que encontró, buscó su cartera y salió del cuarto sin siquiera verse en el espejo.

—Ya estoy lista –dijo levantando las manos.

Sus padres la miraron sorprendidos; su madre se había sentado para escribir un mensaje en el celular, su padre había empezado a leer el periódico *Dagbladet* del día anterior y Sebastian había iniciado un nuevo juego de Playstation.

—¡Qué rápido! –exclamó la mamá y colocó el celular en su regazo.

Emilie alzó los hombros esperando a que los demás se levantaran para salir.

>><<

La cena fue una tortura, pero no de la manera habitual, por su repulsión por la comida o por el teatro ante su padre. Emilie pidió ensalada de pollo e intentó comer, aunque sólo lograba pensar en Samuel y los demás, en cómo estarían sentados en ese momento en la casa abandonada, muertos de hambre luego del largo viaje, uno al lado del otro a lo largo de la pared de la cocina; también pensaba en que estaban a menos de un kilómetro de distancia, a menos de un kilómetro de esas mesas llenas de abundante comida. Era absurdo, un mundo totalmente distinto tan cerca del suyo, caviló mientras hurgaba la comida: "¿Qué pasaría si uno de ellos muriera? Samuel parecía estar en buen estado, también Souleymane, pero ¿cómo se encontraban los otros? ¿Acaso no habían pasado la mayor parte del tiempo sentados sin moverse? ¿Y el niño, Ousmane, no debería recibir supervisión médica?"

Emilie se imaginó a varios de ellos desvaneciéndose a lo largo de la fría pared, que ella llegaba ahí de nuevo y encontraba los cuerpos inertes en el suelo, con moscas zumbando a su alrededor: los ojos abiertos, blancos como un gis sobre la piel oscura. Tenía que regresar a la casa inmediatamente. Emilie dejó el tenedor y miró a los demás; Sebastian hacía figuras con la cátsup sobre el plato con papas fritas a medio comer, su madre hablaba entusiasmada sobre un colega mientras su padre asentía con la cabeza y desviaba la mirada de vez en cuando hacia Emilie. ¿Acaso había notado algo? Emilie tomó un bocado por si acaso.

Tenía que irse, encontrar alguna excusa para poder dejar la mesa y marcharse de ese lugar. Y sucedió: Sebastian interrumpió la conversación con una pregunta.

—¿Podemos ir allí más tarde? –preguntó señalando una pequeña feria al final de la playa. Había un minicarrusel, varios puestos donde se podían lanzar pelotas contra botes de metal y, lo más importante de todo, una pequeña pista para manejar carros chocones.

Ésta era su oportunidad, a nadie le extrañaría si ella no tenía ganas de ir.

—Desde luego, Sebastian –dijo el papá–. Nada más vamos a tomar un café antes de ir. ¿Tienes ganas de un helado?

Sebastian sonrió y afirmó moviendo la cabeza de manera exagerada.

—¿Y tú, Emilie? ¿Se te antoja algo? –continuó él.

—No, gracias –contestó ella–. Creo que yo prefiero ir al hotel para leer en lugar de ir a la feria, si les parece bien a ustedes.

El papá volvió a afirmar con la cabeza.

—Por supuesto que nos parece bien –le dijo.

—Estuvo muy rica la cena –dijo Emilie, despegó la silla de la mesa y echó un rápido vistazo a los platos de los demás. Sus padres aún no terminaban de comer, si además iban a pedir café y helado antes de ir a la feria, ¿de cuánto tiempo disponía? Por lo menos de media hora, probablemente más.

Trató de caminar tranquila y con pasos normales sobre el malecón, aunque ella sólo tenía ganas de echarse a correr. El corazón le palpitaba de forma acelerada. Emilie volteó para asegurarse de que nadie de su familia la estuviera viendo y empezó a trotar hacia el supermercado. Pasó apurada frente a las tarjetas postales con puestas de sol retocadas con Photoshop, frente a puestos de periódicos con diarios extranjeros; entró a la tienda, tomó una canasta azul y se fue a los anaqueles con comida. Llenó la canasta con pan, queso, jamón, salchichas, pollo, fruta, arroz y yogurt. Su mirada hacia los anaqueles con comida no era la misma de antes; ahora buscaba algo nutritivo, comida que llenara sin detenerse a pensar en la grasa. Iba haciendo cuentas conforme depositaba cosas en la canasta, y, aunque debería haber llevado más dinero, cincuenta euros servían para empezar. Emilie agarró unas barras de chocolate mientras hacía fila en la caja: "¿Cuánto hacía desde la última vez que había comido chocolate? ¿Un año? La lista del contenido resonó rápido en su cabeza: veintidós gramos de grasa por cada cien gramos; dieciocho gramos de azúcar. Stratos, Lion, Snickers."

Cuando llegó su turno, Emilie pagó, empacó la comida en bolsas y se apresuró a salir. Caminó con rapidez por las calles entre todos los turistas; al llegar a la orilla de la ciudad por fin pudo empezar a correr. Las bolsas chocaban contra sus rodillas, el queso y el jamón golpeaban en sus piernas, aun así siguió corriendo. Emilie apartó las bolsas de su cuerpo y corrió tan rápido como le fue posible.

De vuelta a la casa

Emilie caminó el último tramo para recuperar el aliento. Se veía algo de luz por las ventanas, dos cuadrados amarillos en la oscuridad. Su respiración empezó a normalizarse, por fin había llegado. Las asas de las bolsas de plástico se habían encajado en sus dedos mientras corría; tenía la sensación de que nunca más podría estirarlos de nuevo. Emilie corrió hacia la casa, estaba tan obsesionada por llegar pronto con la comida que no se percató de las plumas de ave regadas a lo largo de la senda. Abrió la puerta de la cerca con el codo y llevó las bolsas a la entrada.

Entonces percibió el olor a comida, a pollo asado. Al entrar a la cocina empujó a Samuel, quien estaba parado a un lado de la puerta secándose las manos con el pantalón. Los demás estaban sentados, pegados a la pared, mientras comían. Parecían ser menos ahora, nueve o diez personas. Todos tenían un bocado de un animal. Hueso, pellejo, carne blanca. Una gallina. Emilie se mantuvo de pie con las bolsas en las manos.

—¿Dónde...? –empezó a balbucear ella cuando recordó las plumas que había afuera–. ¿Acaso...?

Emilie señaló el hueso que uno de los hombres roía.

—Lo sentimos –dijo Samuel–. Ya no podíamos esperar más...

Samuel se inclinó tratando de ayudar a Emilie con una de las bolsas, pero ella la sujetó con firmeza.

—¿Y qué con el dueño de la casa? ¿Qué tal si regresa y descubre que...?

Samuel colocó su mano sobre el hombro de ella, pero Emilie no estaba de humor para el tacto y se la sacudió. Puso las bolsas sobre la barra de la cocina y empezó a desempacar. Plátanos, manzanas, pan y queso. La mujer del niño se acercó a Emilie, le tocó el brazo y le dijo gracias antes de tomar un plátano para dárselo a su hijo. Los demás se reunieron en torno a las bolsas y tomaron los alimentos de forma apresurada. Algunos de ellos dieron las gracias y se notaban en realidad agradecidos, otros sólo tomaron lo que se les antojó sin siquiera dirigirle una mirada a Emilie. Esowa se acercó a ella.

—¿Dinero? –preguntó mientras frotaba los dedos, como si tuviera un billete entre ellos. Sus ojos lucían punzantes, retadores–. ¿Tienes algo de dinero? –insistió.

Samuel lo agarró del brazo y lo hizo a un lado.

—¿Qué es lo que estás haciendo, Esowa?

Esowa se zafó con violencia.

—¡No te metas! –bufó Esowa–. ¿Sabes cuánto dinero tiene la gente como ella?

Luego señaló a Emilie sin importarle que ella estuviera parada al lado de ellos. Emilie retrocedió un par de pasos, la situación la hacía sentirse insegura; el enojo que inundaba la habitación era perceptible. Souleymane, que era más alto y fuerte, intercedió entre los dos y le pidió a Esowa que parara.

Esowa afirmó con la cabeza, pero no se dio por vencido: "Cuando se hayan comido todo lo que hay aquí –dijo en voz alta–, ¿qué piensan hacer, eh? ¿Acaso creen que esta muchacha va a ayudarlos toda la eternidad?"

Esowa seguía señalándola como si ella no estuviera presente o no entendiera lo que él decía. Se hizo silencio, los demás migrantes permanecieron sentados y continuaron comiendo. Ni siquiera Souleymane parecía saber qué responder.

"Ustedes no saben nada de esto –continuó Esowa–, de lo que se necesita para sobrevivir aquí, de lo que la policía puede hacerles. ¡No tienen ni jodida idea!"

Nadie respondió, Esowa caminó hacia las bolsas con comida; sacó los embutidos, algo de fruta y una botella con agua. Apartó una parte y la metió en otra bolsa mientras los demás lo observaban en silencio.

"Suerte", fue lo único que dijo, al parecer con sinceridad, antes de dar media vuelta y salir por la puerta. Los demás escucharon sus pasos alrededor de la casa y vieron fugazmente su cabeza cuando pasó frente a la ventana. Entonces se esfumó. Souleymane levantó los hombros y dijo que daba lo mismo si Esowa se había marchado, además evitaban todas esas discusiones con él. Los otros sacaron más comida de las bolsas, bebieron agua; el ambiente volvió a la tranquilidad. Fue entonces cuando Emilie notó que los migrantes ya no olían tan rancio, luego vio una puerta abierta que daba hacia el cuarto de baño. Samuel tomó a Emilie de la mano y la alejó unos pasos de los demás, hacia la puerta de la sala. Se hallaban muy cerca uno del otro; ella podía percibir el aliento de él sobre su rostro, el calor de sus manos.

—Lamento lo de la gallina, Emilie. No era nuestra intención...

Emilie lo interrumpió negando con la cabeza.

—Desde luego entiendo que lo hayan hecho, yo sólo me sentí un poco sorprendida –afirmó ella.

Samuel sonrió.

—Gracias –dijo él y le dio un abrazo.

Una descarga recorrió el cuerpo de Emilie, quien soltó las manos de él y regresó a la cocina. Djeneba ya había comenzado a preparar la comida y a ponerla en platos, Emilie y Samuel se pusieron a su lado para ayudar. Emilie tenía la sensación de que faltaban algunos migrantes.

—Hay varios más que se han marchado, ¿verdad? –preguntó ella mientras rebanaba el pan. Samuel esparció la comida en un platón agrietado que había tomado de la vitrina, luego afirmó con la cabeza.

—Malick y David se fueron en cuanto oscureció.

—¿A dónde? –preguntó Emilie.

Samuel terminó de ordenar el platón, lo levantó y también alzó sus hombros.

—Al mismo lugar que Esowa, a buscar trabajo, no sé dónde. Fue Esowa quien les mostró el camino, él había regresado poco antes de que tú llegaras, por lo visto para pedirte dinero y poder comer algo. Lo lamento –concluyó Samuel.

Emilie sacudió la cabeza.

—Está bien –le dijo. Realmente le agradaba que Esowa se hubiera marchado y esperaba no volver a encontrárselo de nuevo. La hacía pensar en gente que había visto en películas, personas capaces de hacer cualquier cosa, por ejemplo, matar por un par de dólares y un collar.

Colocaron la comida en el piso de la sala, donde todos se reunieron en círculo para seguir comiendo.

Emilie le preguntó a Samuel sobre el viaje; él le platicó de la camioneta de carga que los transportó desde Ghana, de Gao y el traficante de personas, del Sahara y del puerto en Senegal. Al final le contó del mar y de cuando se acabó la gasolina. Emilie permaneció sentada en silencio mientras escuchaba, cosas así sólo las había visto en los periódicos o en algún corte informativo. Ahora eran realidad. Emilie observó a los otros migrantes, conversaban sentados en distintos idiomas africanos, inglés y francés. Ella entendió pequeñas partes de las conversaciones. Pensaban en sus familias, en cómo avisarles que estaban vivos. El niño estaba sentado en el regazo de su madre, y señalaba los ojos, las orejas y la nariz de ella, al mismo tiempo que decía una palabra para cada una de las partes.

—¿Y tú, qué piensas hacer? –le preguntó Emilie a Samuel.

Él levantó los hombros y dijo que ya rebasaba la edad para obtener la residencia automática en España, por ello temía que lo enviaran de regreso. Nadie deseaba correr ese riesgo, por ello permanecían ahí, ocultos, hasta acordar lo que iban a hacer. Samuel le pasó el platón con carnes frías a Emilie; ella sonrió, agradeció y negó con la cabeza.

Samuel se le quedó mirando, los ojos de él eran completamente oscuros y, sin embargo, radiantes. ¿Qué pensaba él de ella? ¿Pensaba que era bonita?

¿Le gustaban las jóvenes blancas o definitivamente no pensaba en ello? ¿Pensaría que ella era demasiado joven para él?

—¿Por qué no comes, Emilie? –preguntó Samuel.

Ella volteó un instante hacia otro lado, sentía un sarpullido quemante recorriéndole el cuello.

—Desde luego que como –le contestó.

—¿Entonces por qué estás tan delgada? –prosiguió Samuel señalando las muñecas de Emilie, sus huesudas articulaciones, los tendones visibles en el delgado antebrazo–. ¿Es una enfermedad?

Varios de los otros siguieron atentos la conversación. Emilie negó con la cabeza.

—Así me gusta ser –respondió ella–. Eso es todo.

Ousmane caminó descalzo y trastabillante, se inclinó sobre el hombro de su madre y tamborileó en su brazo con una mano. Djeneba repitió lo dicho por Emilie sin dejarse distraer, de manera notoria, por el niño que colgaba de ella haciéndola mecer de un lado al otro: "¿Así te gusta ser?"

Emilie afirmó con la cabeza, luego se estiró para agarrar un plátano y empezó a quitarle la cáscara. Ellos no estaban en condiciones de entender algo así; tenían otra cultura, otra imagen de la belleza, otros ideales: seguramente con senos grandes y trasero voluminoso. No podía darle importancia a lo que ellos pensaran, aun así, la frase de Samuel seguía sonando dentro de su cabeza: "¿Por qué no comes?"

Checó su reloj después de comerse el plátano por completo. Había pasado más de una hora, debía darse prisa y regresar al hotel antes de que su familia llegara de la feria y descubriera que Emilie no estaba para nada en la cama leyendo *Harry Potter*.

Emilie se puso de pie; de pronto tuvo conciencia de su cuerpo mientras se movía. Fue consciente de los magros brazos, de las delgadas piernas. Samuel puso a un lado la comida.

—¿Tienes que irte de nuevo?

Ella afirmó con la cabeza.

—Debo regresar al hotel antes de que descubran que no estoy… pero volveré.

Samuel realizó un movimiento con la mano señalando la casa.

—¿Crees que podamos quedarnos aquí?

—Sí, me parece que sí –contestó ella.

Samuel sonrió y se despidió de ella con un beso en la mejilla. Emilie se despidió de los demás agitando su mano antes de dejar la casa y salir corriendo hacia el hotel. El camino estaba oscuro, el mar lucía completamente negro con algunas luces esparcidas a lo lejos, provenientes de veleros y barcos de pesca. Los zapatos golpeaban de forma rítmica sobre el camino.

"¿Es una enfermedad?"

Una ventana
hacia los recuerdos

Samuel permaneció junto a la ventana viendo a Emilie caminar con sus ligeras y frágiles piernas, y con tan sólo una playera cubriendo su delgado torso. Había algo en ella, tal vez era demasiado delgada y joven, pero algo tenía esta chica que lo hacía echar de menos su compañía. Extrañaba su aroma, su cabello rubio en el hueco de la nuca, la manera en que sonreía. Emilie abrió la puerta y al girarse vio que él la seguía con la mirada. Samuel sintió pena al ser descubierto in fraganti, aun así levantó la mano y la agitó para despedirse. Emilie sonrió y también se despidió agitando la mano, luego dio media vuelta y empezó a correr con los brazos recogidos en ángulo agudo.

Los delgados brazos de Emilie lo hicieron pensar en Ally McBeal y los episodios que había visto en la cafetería de su país. Acostumbraba ir ahí con sus hermanos o con amigos; se apretujaban en la parte trasera del estrecho lugar entre los demás jóvenes para evitar comprar algo. Era como ir al cine. Cuando el episodio acababa o ellos se aburrían, se iban a casa, a la suya o a la de de su mejor amigo.

Samuel recordó el radio en el que solían escuchar música nueva: *hip hop*, rap en ghanés, música occidental. Se acordó de todas esas veces que rapearon juntos en la pequeña y austera habitación, usando la mano a manera de micrófono. Y recordó a su hermanita, quien siempre le pedía que le contara historias de miedo, de monstruos del tamaño de una casa que salían por las noches en busca de carne humana. De repente vino de forma nítida a su mente la cara de su hermanita, el miedo en sus ojos llenos de júbilo cuando él le preguntaba si realmente quería escuchar más. También recordó la comida que su madre solía hacer, las reuniones en torno a la mesa, los cantos de ella frente a las ollas. Se acordó de su padre, sus ojos exhaustos, extenuados, sus talentosos dedos que nunca utilizó en algo que valiera la pena, después de haberse cortado el antebrazo.

Samuel cerró los ojos en cuanto Emilie desapareció en la curva y recordó todo con absoluta claridad: la ciudad, la familia, los amigos. En ese mismo instante pensó que nunca debió de haber viajado.

De regreso al hotel

Mientras Emilie corrió hasta la orilla de la ciudad, los grillos cantaron a la orilla del camino.

Sentados en silencio, viudas vestidas de negro y parejas de ancianos veían trascurrir la vida exterior desde sus puertas. Los turistas pasaban tomados de la mano, con cámaras, camisas de manga corta y vestidos veraniegos.

Emilie redujo la velocidad y caminó el último tramo. ¿Ya habrían regresado de la feria? Dio vuelta en la última esquina camino al hotel; por suerte las luces estaban apagadas. Entró, pasó al baño, se cambió la playera y volvió a salir a la oscuridad de la noche. De regreso con los turistas, pensó antes de dirigir la mirada hacia el mar negro. ¿Cuántas embarcaciones habría ahí en ese preciso momento?

¿Cuántas personas estarían sentadas en la oscuridad en ese preciso instante, pegadas unas a otras, muertas de hambre y exhaustas después de tantos días en el mar? ¿Y cuántas más habría del otro lado, en tierra firme, soñando con lo mismo: la vida en Europa, una vida como la suya?

Emilie encontró a Sebastian y a sus padres en un local sobre el malecón. La vitrina que tenían frente a ellos estaba llena de fotografías con embarcaciones turísticas; los precios estaban enlistados en los idiomas de turismo con mayor afluencia. Su padre fue el primero en verla.

—¡Pero si aquí estás! –dijo y de manera jovial la rodeó con su brazo, una cercanía que a ella le agradaba y le desagradaba al mismo tiempo–. No entiendo qué es lo que tiene *Harry Potter*. ¿Es realmente tan bueno? –continuó su padre.

Ella asintió con la cabeza. Su padre le mostró cuatro boletos azules con la fotografía de un barco.

—Mira, acabamos de comprar un paseo a Tenerife –dijo con entusiasmo.

—¿Qué? –cuestionó ella en voz alta, percatándose de inmediato de que no debería haber mostrado tanto asombro–. ¿Para cuándo? –preguntó lo más tranquila que pudo.

—Para pasado mañana –contestó su madre–. Qué bien, ¿no crees? El ferri tiene piso de vidrio, además podemos ir de compras, visitar un museo y...

Emilie dejó de escuchar, los pensamientos revoloteaban en su cabeza, pero aun así logró estirar los labios hasta sonreír y dijo que le entusiasmaba.

Caminaron al hotel.

Y su padre preguntó si quería algo de comer.

Y ella se sentó con *Harry Potter* en el regazo y con una rebanada de pan al lado suyo que no tocó.

Y Sebastian jugó Nintendo.

Y su madre y su padre destaparon una botella de vino, tomaron asiento en el sofá y revisaron folletos de Tenerife.

Y Emilie miró fijamente las páginas del libro. Las palabras se mezclaban y ella se vio obligada a cambiar de página de vez en cuando para fingir que realmente estaba leyendo *Harry Potter y las reliquias de la muerte*.

¡Viaje en ferri! Vea peces y moluscos reales a través del vidrio del ferri.

"¿Qué irá a pasar con los migrantes si nosotros vamos a...?

"'¿Por qué no comes?'"

Las manos de Samuel.

"¿Y si el pescador regresa y descubre...?

"'¿Es una enfermedad?'

"¡No pueden mandarlo de regreso!

"¡No pueden mandarlo de regreso!"

Parte II

Soy el gallo que camina en el patio de la casa abandonada; busco semillas entre desperdicios de plástico, cuerdas enrolladas y cajas de unicel. De vez en cuando llego a un lugar del patio donde el único rastro que hay de ella son las plumas... plumas y sangre, y por un momento siento regresar el miedo, y recuerdo al hombre con el hacha, el grito, la sangre sobre las plumas blancas.

>><<

Soy el policía sentado en un café a la orilla del mar junto a un colega; remuevo el azúcar en el cortado mientras discutimos el hallazgo del cayuco vacío proveniente de Senegal.

>><<

Soy el pescador que da vuelta a la manivela para recoger la red del mar. Los peces brillan bajo la luz de la linterna, el océano luce oscuro a lo lejos y la ciudad es tan sólo una hilera de puntos amarillos. Ahora no queda más que vender los pescados a los restaurantes y regresar a casa.

><

Soy Ibrahim, el joven de Benín que no sobrevivió al viaje a Gran Canaria y fue lanzado sobre la borda. Me hundí en la oscuridad y el silencio del fondo del mar. Estoy tendido de espaldas; de vez en cuando se acerca un pez curioso que pica la manga de mi playera. El pedazo de una red de pescar flota encima de mí y un cardumen queda atrapado entre la malla.

><

Soy un guardia del campo provisional para refugiados en Gran Canaria. Vigilo detrás de las mallas con alambrado de púas; mi tarea es cuidar que nadie se escape y que los refugiados la pasen lo mejor posible. Han llegado demasiados, ya no es posible realizar un buen trabajo. Mañana por fin es día de pago.

><

Soy la pequeña lagartija que vive en la esquina de la cocina de la casa del pescador. Hace poco han llegado muchos desconocidos aquí; la comida que preparan atrae moscas que yo puedo atrapar si espero lo suficiente, si espero con paciencia, sin mover un músculo, hasta arriba en el techo.

>><<

Soy Djeneba, la madre de Ousmane. Él ha languidecido los últimos días. Ha tenido fiebre. No podemos seguir viviendo aquí, deberíamos acudir a la policía. Aquí de todos modos nos van a descubrir.

>><<

Soy Samuel. No sé qué vamos a hacer.

>><<

Soy Emilie, estoy acostada en la cama del hotel. Es de noche, mis pensamientos parpadean uno tras otro, como si fueran una vieja televisión sintonizada entre dos canales.

Parte III

Parte III

Desaparecido

Emilie permaneció acostada durante varias horas sin dormir. Sebastian respiraba de manera uniforme y tranquila en la cama de al lado. Fuera de la ventana cantaban las cigarras. ¿Qué iba a hacer? ¿Y Samuel? ¿Qué sucedería con él? Emilie se imaginó que se levantaba de la cama; que se ponía el pantalón y la playera mientras Sebastian dormía; que caminaba descalza y de puntitas a través de la sala hasta la puerta de entrada; que la abría despacio, despacio, despacio y desaparecía en la noche. Se imaginó que corría entre las calles hasta la casa; que Samuel estaba sentado afuera, en la puerta, esperándola; que la jalaba hacía él.

Pero no podía ser; ella no podía arriesgarse a que sus padres despertaran. Sería imposible explicarles;

su papá la cuidaría como a un preso lo que restaba de las vacaciones. Emilie cerró los ojos y permaneció acostada escuchando los ruidos provenientes del otro lado de la ventana: grillos que cantaban, un hombre que reía, un auto con música *techno*.

A fin de cuentas se quedó dormida y cayó en un sueño donde ella corría por una carretera tan rápido como le era posible, sin poder avanzar. Las casas españolas permanecían inamovibles a los costados mientras ella corría y corría y corría, como si estuviera en una caminadora de banda. El muchacho de la escuela –aquél que la había visto con el pan dulce– de repente estaba en una de las ventanas y le preguntó que por qué no intentaba rodar. Entonces ella se caía y resbalaba por una pendiente hasta parar en una alberca. En ésta estaba Samuel al parecer desnudo cuando nadó hacia ella. Su padre, completamente vestido, estaba sentado en la orilla de la alberca con las piernas del pantalón y las sandalias dentro del agua mientras leía el periódico. En la primera página había una fotografía enorme de ella en la cárcel.

Los demás ya estaban levantados y habían desayunado. Las bolsas de playa ya estaban listas. Emilie comió pan crujiente de centeno y una manzana, como de costumbre, y sintió el hambre habitual cuando llegaron a la playa. Por lo regular estaría orgullosa de estar hambrienta, orgullosa de ser ella quien tenía el control, de contar con la determinación de domar su cuerpo. Ese orgullo había desaparecido ahora. Se trataba más de una manía y, por primera vez, sentía vergüenza de todo ello.

Las primeras familias ya estaban instaladas con cubetas de plástico, palas, castillos de arena y niños en pañal que caminaban contoneándose entre los camastros con sus enormes ojos y manchas blancas de bloqueador solar en las mejillas. La madre de Emilie consiguió lugar al lado de una pareja holandesa de jubilados. Se quitaron la ropa y se recostaron bajo el sol. Emilie debía permanecer acostada un rato, de lo contrario sus padres pensarían que algo estaba sucediendo, sobre todo su padre, quien parecía sospechar que algo había ocurrido.

Sebastian y su madre se incorporaron luego de un rato y empezaron a jugar bádminton a la orilla del mar. Emilie se sentó con su libro mientras pensaba en cómo irían las cosas allá arriba, en la casa. ¿Todavía tendrían suficiente comida? Ella no había dicho nada acerca de cuándo regresaría. Tal vez estaban sentados esperándola. Lo bueno es que pronto podría correr otra vez allí. Su familia ya estaba acostumbrada, nadie reaccionaría mal por ello. Emilie levantó la vista del libro para checar qué hacían los demás, en eso se encontró con la mirada de su padre que seguramente llevaba observándola un rato.

—¿Cómo se llama? –preguntó su padre en voz baja e inclinó la cabeza hacia ella de forma confidencial, luego de subirse las gafas de sol a la frente. Emilie sintió que el calor le subía a las mejillas. Su papá se había dado cuenta.

—¿A qué te refieres? –le preguntó.

Su padre señaló el libro y sonrió.

—Llevas cinco minutos con la misma página...

Ella guardó silencio.

—¿Es algún chico de tu grupo? –continuó él.

El susto se convirtió en alivio; Emilie manipuló la cara para mostrar su expresión más cariñosa y discreta cuando levantó la vista hacia él y dijo:

—Es secreto, nada para *padres entrometidos*.

A su padre le causó risa la innovadora palabra y movió la cabeza asintiendo. Emilie volvió la mirada al libro y empezó a hojearlo. Sabía cómo ser convincente, sabía cómo controlar su rostro para expresar normalidad.

Notó que su padre se había tranquilizado y lo vio inclinarse para recoger el periódico de la arena: *The Canarypost*. "Típico de papá –pensó–, comprar el periódico local". "A donde fueres haz lo que vieres", solía decir siempre su padre, por ello pedía la cerveza local, comía el postre local o compraba el periódico local.

Algo en la primera página del diario le hizo quitar los ojos del libro: la fotografía de una embarcación. El cayuco en que Samuel había llegado. Lo habían fotografiado vacío, navegando a la deriva. Emilie reconoció los colores y la figura de la proa al instante. El nombre de la embarcación también estaba ahí, una palabra que Emilie supuso era senegalesa. Leyó rápidamente la introducción:

La policía busca una cifra desconocida de inmigrantes ilegales, luego de haber hallado una lancha senegalesa flotando en la parte suroeste de Gran Canaria.

Dios, habían encontrado la lancha a las afueras de Puerto de Mogán. Samuel y Souleymane la habían empujado mar adentro para evitar que la policía viera dónde habían desembarcado. Probablemente eso les había permitido ganar tiempo, pero ¿cuánto? ¿Cuánto tiempo pasaría antes de que la policía buscara en la casa donde estaban escondidos? Tenía que correr y avisarles tan pronto como fuera posible. Cerró el libro y se recostó un momento, escuchó que su madre le gritó ¡bravo! a Sebastian.

La sangre le golpeaba en las orejas. Emilie obligó a su corazón a palpitar con tranquilidad y se rehusó a la tentación de preguntar sobre el periódico antes de ponerse de pie. Su padre le dirigió la mirada.

—¿Qué vas a hacer?

—Voy a correr un rato.

—¿Otra vez? ¿No prefieres quedarte a descansar aquí? ¿Eh? ¿Disfrutar un poco de las vacaciones?

Ella negó moviendo la cabeza.

—¿No quieres broncearte? –prosiguió él.

—No –contestó ella de nueva cuenta.

—Está bien, pero no te tardes.

—No, hombre.

—Nada de darle la vuelta a toda la isla también hoy, ¿verdad?

—No, hombre.

Su padre agarró el reloj que estaba escondido entre las playeras y las sandalias al lado del camastro.

—Vamos a merendar en unas dos horas –dijo–. En aquel café.

El padre de Emilie señaló un café bar sobre la playa, donde una mesera caminaba entre las mesas vacías colocando el menú.

Emilie se dirigió de prisa al hotel para cambiarse de ropa. Se miró en el espejo, se puso rímel y lápiz labial, se lavó los dientes y se perfumó antes de ir al supermercado. Ahí caminó apurada entre los anaqueles y compró comida y agua con el dinero que le quedaba, antes de salir corriendo cuesta arriba con una bolsa en cada mano. Pronto tuvo que disminuir la velocidad, el agua era demasiado pesada y las bolsas se encajaron en sus dedos. Durante el último tramo sintió hambre nuevamente. Abrió el portón, buscó la cabeza de Samuel a través de la ventana y sintió las ansias que tenía por volver a verlo. Emilie bajó una de las bolsas y tocó la puerta con sutileza antes de abrirla. Adentro había silencio, completo silencio. ¿Se habían escondido? ¿Creyeron que era el pescador quien había regresado? Emilie se dirigió a la cocina.

"Hola", dijo ella intentando obtener una respuesta. Nadie respondió. Emilie entró a la sala; tampoco había nadie ahí. Entonces se imaginó a la policía, totalmente equipada, tomando por asalto la casa con toletes y pistolas. Se imaginó cómo le gritaban a Samuel que se tirara al suelo antes de esposarle las manos por la espalda y sacarlo a empujones a la luz del sol.

Emilie dejó las bolsas en el piso y se quedó de pie con los ojos cerrados. Todo lo que quería hacer era llorar. Aun así, sólo se mantuvo de pie.

Las olas rompían sobre la playa.

Una lagartija miró a Emilie desde el techo.

Lejos de ahí, un hombre era arrastrado a tierra por la corriente... muerto.

La ciudad para la gente que no existe

Samuel se sentó en la ladera reclinado en un árbol. Por todos lados había migrantes sentados sobre mantas, tapetes tejidos de palma y bolsas de plástico; gente que él no conocía, aunque todos habían emprendido el mismo viaje; gente con los mismos sueños de lograr otra vida, como él los había tenido. Ahora estaban embarrancados ahí, a unos cientos de metros de la autopista fuera de la ciudad, escondidos detrás de una polvorienta pendiente en la montaña. Aquí dormían durante las noches, bajo toldos sencillos o láminas onduladas sostenidas sobre maderos. Una tubería abierta que chorreaba un poco más abajo les servía de lavabo. La mirada de la gente era dura, oscura.

Fue Souleymane, el hombre de Costa de Marfil, quien había convencido a Samuel y a los demás de seguirlo. Horas antes, luego de que Emilie partió, permanecieron sentados en la casa sin hablar. El sol brillaba punzante a través de la ventana y el niño se había quedado dormido en el hombro de su madre con la boca abierta. Fue entonces cuando Souleymane se levantó y dijo que él deseaba seguir su camino, de la misma forma que quienes habían dejado la casa anteriormente, que había otras rutas hacia una vida en Europa que no pasaban por la policía y el permiso de residencia. Eso lo sabían todos. Habían escuchado sobre ellos, sobre los jóvenes africanos que vivían escondidos, sin identidad, que se sustentaban con la venta de gafas, joyas y discos compactos en la playa. Todos se unieron a él luego de una breve discusión.

"Esowa tenía razón; no podemos vivir aquí por siempre –había dicho Souleymane y señaló la sala en casa del pescador–. Por el momento hemos estado seguros aquí con la ayuda de la jovencita, pero esto no puede durar."

Esowa tenía razón, por supuesto que la tenía. Uno tras otro se fueron poniendo de pie para seguir el camino. También Samuel. Empacaron sus ropas, echaron un vistazo cuidadosamente por la ventana y salieron rodeando la casa en dirección a la pendiente. Samuel había considerado dejarle algo a Emilie, pero ¿qué podría ser? No tenía nada, nada que le hiciera a ella recordarlo, nada aparte de las ropas que llevaba puestas. Salió con los demás a la luz exterior, a la parte trasera de la casa, hacia la pendiente. Esowa les había señalado en un mapa el camino que deberían seguir en caso de arrepentirse. Algunos de ellos habían resbalado en repetidas ocasiones por la tierra seca hasta caer. Samuel sufrió el rasguño de una espina entre la maleza. Los migrantes tuvieron que esperar un largo rato antes de lograr cruzar una transitada carretera; entonces llegaron, por fin estaban en la ciudad de migrantes fuera de la ley: una *no sociedad* llena de *no personas*; gente sin pasaporte, nombre o número de registro; sólo cuerpos, rostros y manos; sólo historias secretas, sueños secretos y familias a las cuales habían dejado atrás. Aquí era, aquí se encontraba la vida del otro lado, pensó Samuel, la fase intermedia mientras uno esperaba el veredicto final, mientras uno esperaba ingresar al cielo o ser enviado al infierno, mientras uno esperaba una residencia legal en Europa o ser enviado de regreso a su lugar de origen. Aquí era, aquí estaba Barsakh.

><<

Fueron recibidos por otro hombre de Costa de Marfil, un hombre delgado con pantalones holgados de mezclilla, gafas de sol y suéter de algodón. Les dio la bienvenida y les mostró un lugar donde podían sentarse. El hombre tenía una *boutique*, les contó con orgullo, un negocio consistente en la venta de gafas para sol, joyería, relojes y bolsas a los turistas de la playa. Señaló una charola que se hallaba detrás de él con gafas para sol, al lado de una pila con bolsas de mala calidad. Él podía conseguir productos, si alguno estaba interesado. Samuel asintió con la cabeza y preguntó qué recibiría el hombre a cambio.

"La mitad", contestó el hombre y sonrió de forma despectiva. Se quedaría con la mitad de las ganancias.

El grupo volvió a dividirse una vez más; unos aceptaron el trato de inmediato, otros se habían encontrado con gente proveniente de su misma ciudad o al menos del mismo país, y varios de ellos ya tenían planeado quedarse ahí para siempre, en la ciudad para la gente que no existe. Caminaron entre las lonas y las bolsas de plástico, entre la ropa puesta a secar y pequeñas parillas de gas donde la comida era preparada en abolladas cazuelas de metal. Samuel volvió a encontrarse con los otros pasajeros de la lancha: Esowa, David y Malick. La actitud de Esowa era diferente ahora, más amigable. Le preguntó a Samuel cómo les había ido y le dijo que, si le interesaba, él podía ayudarlo a encontrar a la mejor gente para quien trabajar vendiendo. No parecía esconder algo por detrás, tampoco sentía que tratara de engañarlo. Su tono agresivo había desaparecido; por lo visto había llegado a donde había deseado. Samuel lo miró con detenimiento; Esowa sabía de antemano más que el resto, al parecer había tenido razón cuando dijo que la mayoría tenía expectativas demasiado altas porque ésta era en verdad la vida que les había estado esperando. Antes de seguir deambulando, Samuel dijo que iba a pensarlo.

Varios de los migrantes tenían heridas visibles en las piernas o en la cara, lesiones que habían desarrollado infección, pero como en realidad era gente que no existía, no podían acudir al médico para recibir tratamiento.

Samuel se recargó en un árbol a la orilla de la pequeña ciudad y cerró los ojos. Esto no era lo que él se había imaginado; si ésta era la vida del otro lado, pensó, hubiera sido mejor quedarse en su lugar de origen. Luego se puso a recordar la calle donde había crecido, a los vecinos haciendo puré de tubérculos en una amasadera con un enorme palo. Recordó el ritmo del golpeteo constante, una mujer que cantaba, la luz que caía sobre las casas por la mañana, la música proveniente de los radios, el gallo cacareando.

—¿Tienes un cigarro?

Samuel abrió los ojos y vio directo al rostro de un hombre delgado y sucio que se inclinó hacia él. El hombre tosió al final de proferir la frase y colocó una mano delante de su boca.

Samuel negó con la cabeza.

—Lo siento —dijo—. No tengo nada.

La última cena

Era de noche; Emilie había estado en la playa, su cuerpo se había bañado y asoleado. Ahora estaban en un restaurante a la orilla de la playa y acababan de ordenar. Ella había pedido una pizza pequeña con jamón y queso y un agua mineral. Trataba de no pensar en cómo estaría Samuel, pero era casi imposible. ¿Dónde se habría metido? ¿Estaría en la cárcel o en un avión de vuelta a Ghana? Era increíblemente injusto, pensó, ¿cómo era posible que el mundo fuera así y mandaran de regreso a la gente a una vida sin futuro, luego de haber arriesgado todo para llegar aquí?

La comida llegó a la mesa, la pizza pequeña resultó no ser tan pequeña. "Papá puede comerse el resto", pensó Emilie y tomó una rebanada. La mamá ayudó a Sebastian a partir el espagueti, aunque él podría haberlo hecho solo. Luego se pusieron a hablar de un equipo inalámbrico de música que el papá tenía ganas de comprar, pero Emilie se mantuvo sumida en sus propios pensamientos mientras comía. Sólo faltaban unos cuantos días para que viajaran de regreso a casa y, encima de todo, al siguiente día tomarían el paseo en el estúpido ferri. "Debería revisar las noticias en el celular una vez más", pensó, aunque ya lo había hecho dos veces sin encontrar nada sobre los migrantes. Además, el crédito de su tarjeta probablemente estaba a punto de acabarse. Tal vez sólo era que aún no publicaban el boletín de prensa. Tenía que ir de nuevo a la casa y revisar si habían regresado. Debía hacerlo ahora, de una vez, pero ¿cómo iba a conseguir engañar a sus padres en esta ocasión? ¿Qué podía decirles?

De repente notó que había silencio alrededor de la mesa y volteó a ver a los demás; su padre la analizaba con la mirada y ella bajó la vista hacia el plato. Estaba vacío, se había comido una pizza completa. ¿Era posible? Emilie había pasado casi todo el día sin comer, pero aun así.

—¿Qué pasa, Emilie? –preguntó su padre e hizo a un lado la copa de vino. Su madre asintió con la cabeza y repitió la pregunta. ¿Qué era realmente lo que estaba sucediendo?

¿Qué iba a contestarles?

—No se los puedo decir –respondió Emilie, sintiendo que estaba al borde del llanto, y se levantó de la silla conteniendo las lágrimas.

—Enseguida regreso –dijo–. Hay algo que tengo que arreglar.

—¿Emilie? ¡Espera un momento, Emilie!

Emilie se escurrió entre las mesas y caminó presurosa hacia la banqueta. Sus padres gritaron su nombre en repetidas ocasiones mientras ella se alejaba corriendo hasta dar vuelta en la esquina, para luego desaparecer en la oscuridad de entre las casas. Corrió y corrió; pasó frente a las puertas semiabiertas, frente a los turistas sonrientes, frente a los cuerpos recién salidos de la ducha con perfume del *duty free*, con camisas y vestidos de tiendas caras de Copenhague, Nueva York, París.

Aunque nadie venía detrás de ella y le dio dolor de estómago a causa de toda la comida, Emilie no dejó de correr fuera de la ciudad y cuesta arriba hacia la casa. Al parecer todo permanecía en silencio y en completa oscuridad. Seguramente habían continuado el viaje. Fue hasta llegar a la casa que notó una débil línea de luz proveniente de una ventana. ¿Había alguien ahí o solamente habían olvidado apagar una de las luces? ¿Sería el pescador que ya estaba de regreso? Emilie se dirigió a la puerta y dio tres cortos toquidos. Después de unos segundos se abrió la puerta: era él, Samuel. Él sonrió con todo lo que era al tomarla de la mano y luego cerró la puerta detrás de ella.

—Emilie –dijo él en voz baja y Emilie sintió que nunca nadie había pronunciado su nombre de esa manera.

—¿Dónde has estado? –preguntó ella. Samuel permanecía pegado a ella en la angosta entrada de la cocina.

—¿Ya habías venido a buscarnos?

—Por supuesto –respondió Emilie y sonrió. Samuel puso su mano sobre el hombro de ella, pero se sintió inseguro y la retiró al instante.

—Gracias por tenernos consideración. Fuimos a un lugar a buscar trabajo, pero no había nada para mí... ¡Ven!

Samuel le hizo señas con la mano para que lo siguiera a través de la cocina hasta la sala. Sólo quedaban cinco de los quince que había al principio: Samuel, Abou, Traoré, Djeneba y su hijo Ousmane. Djeneba se encontraba sentada contra la pared con Ousmane, quien dormía en sus brazos. La piel del niño estaba húmeda de sudor, la boca abierta, la respiración agitada. Djeneba apenas levantó una mano para agitarla a manera de saludo. Emilie le sonrió y fue hacia ella.

"¿Se enfermó?", preguntó Emilie.

Djeneba afirmó con seriedad moviendo la cabeza. Le contó que vomitaba la comida, que había tenido fiebre, y que ella no sabía qué iba a hacer. Las últimas palabras hicieron que Emilie recordara el motivo por el cual había corrido hasta ahí. Tenía algo que contarles.

—¡Dios mío! –exclamó mientras volteaba hacia Samuel–. Casi se me olvidaba.

—¿Qué?

—La lancha, ¡las autoridades encontraron la lancha! Hay una foto en el periódico y la policía los está buscando a ustedes; pensé que por eso se habían marchado de aquí...

Samuel respiró profundo y dijo que eso iba a pasar, tarde o temprano habrían encontrado el cayuco.

—¿Qué piensan hacer ahora? –preguntó Emilie. Samuel dijo que tenían que dejar la casa y empezó a empacar los alimentos de nuevo. Emilie permaneció de pie con los brazos colgando a los lados.

—Pero ¿a dónde van a ir? –preguntó desesperada.

Nadie contestó; Abou y Traoré enrollaron mantas y cobijas. Emilie se acercó a Samuel y lo sujetó del brazo.

—¿Qué van a hacer, Samuel?

Él giró hacia ella y trató de sonreír, pero sus ojos lo delataron.

—Ya nos la arreglaremos –contestó en corto.

—¿Sin un lugar donde vivir? ¿Sin dinero? –continuó Emilie mientras pensaba que de no ser porque al día siguiente tenían el estúpido paseo, si no fuera porque las vacaciones estaban a punto de acabar y ella tenía que regresar a Noruega...

"¿Qué...? –continuó pensando ella–. ¿Qué haría entonces? ¿Qué podría hacer ella realmente?"

Nada, no había nada en absoluto que ella pudiera hacer.

Emilie agachó la cabeza. Detrás de ella se escucharon los pasos de Djeneba, quien la sujetó del hombro haciéndola voltear. Ousmane, cuyo pecho subía y bajaba con rapidez, estaba acostado con la cabeza pegada al cuello de su madre. Djeneba tomó a Emilie de la mano y se acercó a ella. Sus ojos centelleaban.

—Querida –dijo en voz baja.

—¿Sí? –contestó Emilie insegura.

—Muchas gracias por todo lo que has hecho por nosotros –le dijo–. Muchas gracias por habernos ayudado a desembarcar, por ayudarnos a conseguir un lugar donde estar, por toda la comida que nos trajiste. Sin ti no lo hubiéramos logrado. ¿Lo sabías?

Djeneba le acarició sutilmente la mejilla, Emilie notó lo poco acostumbrada que estaba a ser tratada de esa manera, con tanto amor. Emilie abrió la boca e intentó decir que había sido un placer, pero en ese mismo instante sintió cómo empezaron a escurrir las lágrimas por sus mejillas. La asaltó una repentina y sorpresiva congoja por todo. Lloró por Samuel, porque nunca más volverían a encontrarse. Lloró por todo lo que llevaba guardado adentro, aquello que siempre debía controlar. Lloró porque no tenía otra forma de recibir todo ese amor y calidez. Samuel se mantuvo en segundo plano, sin saber qué hacer. Djeneba jaló a Emilie hacía ella y acarició su espalda con la mano que tenía libre, mientras Ousmane siguió dormido en medio de ellas. Emilie se apartó y secó sus lágrimas con el antebrazo.

—No soy yo quien debería recibir consuelo –dijo y rió brevemente–. Tenemos que apurarnos antes de que los encuentren.

Djeneba asintió con la cabeza y volvió a dirigir la mirada hacia Ousmane.

—Yo no voy con ustedes –dijo con voz apagada.

Samuel volteó a verla.

—¿No?

—No. Ousmane necesita ir al médico.

Nadie dijo nada, Djeneba tenía razón. Lo más probable era que de acudir al doctor la enviaran de regreso a Malí, pero eso era mejor que arriesgar la vida del niño.

—¿No está muy lejos el centro de la ciudad para ir caminando? –preguntó Samuel mientras acariciaba con sutileza la pequeña cabeza de Ousmane.

Djeneba negó con la cabeza.

—Tengo la sensación de que me van a agarrar antes de llegar tan lejos –respondió y los abrazó por última vez antes de dirigirse a la puerta, con Ousmane colgando sin fuerza alrededor de su cuello.

Samuel comprobó que no hubieran olvidado nada antes de apagar la lámpara. Todo estaba en orden. Se acercaron a la puerta de salida y justo cuando él puso la mano en la manija, escucharon algo: un auto.

Samuel echó un vistazo por la ventana de la sala. Una furgoneta había tomado el camino de grava que conducía a la casa: el pescador. Todos se acurrucaron de inmediato contra la pared, las luces del auto recorrieron la habitación, la oscuridad volvió al apagarse el motor. Escucharon el sonido de la puerta del coche abriéndose, un hombre silbaba y se dirigía hacia donde ellos se encontraban. Se hallaba a diez pasos de la puerta. Ellos caminaron hacia la cocina con el cuerpo encorvado, dejaron las bolsas para no hacer ruido con ellas y buscaron la puerta trasera. Samuel sujetó la manija, la puerta estaba cerrada. ¿Por qué estaba cerrada esta puerta y no la de la entrada principal? Samuel giró la llave sin hacer ruido y le dio vuelta a la manija con cuidado. En ese mismo instante oyeron que la puerta al otro lado de la casa se abría. Abou y Traoré desaparecieron en la oscuridad bajo los árboles, Emilie salió y esperó a Samuel. Él cerró la puerta con cuidado y tomó a Emilie de la mano antes de que corrieran encorvados frente a todos los desperdicios hallados en la parte trasera de la casa. Llegaron a la pendiente y corrieron con cuidado para evitar que las piedras grandes fueran a desprenderse. Los pies resbalaban sobre la blanda superficie. ¿Tal vez el pescador ya había descubierto que alguien había estado en su casa durante su ausencia? ¿Tal vez había revisado la puerta trasera y los había visto justo en ese momento? Emilie se volteó y vio la luz amarilla proveniente de las ventanas; el pescador, al menos, no estaba parado en la puerta detrás de ellos. En ese instante el pie de Emilie perdió contacto con la superficie y cayó, al intentar detenerse con la mano se lastimó con una piedra filosa. Samuel la ayudó a levantarse y continuaron corriendo al otro lado de la cima entre arbustos ralos, haciéndose sombra entre las ramas. Por fin estaban seguros, pensó ella. Por fin estaban fuera de la vista de los demás.

La espera

Pararon unos segundos para cerciorarse de que nadie los siguiera, pero los únicos sonidos que pudieron percibir eran el del mar retumbando en la arena y el chillido de un pájaro a lo lejos. Samuel hizo señas con la mano para saber si todo iba bien, Emilie afirmó moviendo la cabeza.

"Tenemos que alejarnos un poco más de la casa", dijo Samuel y comenzó a hacerles señas con la mano a los otros para que siguieran avanzando entre los árboles en la oscuridad. Pasados un par de minutos encontraron un lugar que podría funcionar como escondite: una cuesta donde la lluvia había deslavado la tierra hasta dejar descubiertas las raíces de los árboles, formando una pequeña y acogedora cavidad. Los jóvenes tomaron asiento y recuperaron el aliento. Samuel se asomó a la orilla para poder echar un vistazo.

"¿Ves algo?", susurró Emilie. Samuel negó moviendo la cabeza. Traoré y Abou estaban sentados a unos metros con la cabeza puesta entre las rodillas, estaban callados, inmersos en ellos mismos. ¿En qué podrían estar pensando? ¿En sus familias? ¿En las novias que habían abandonado? ¿O tan sólo se encontraban ahí paralizados, incapaces de poder pensar en otra cosa que no fuera el miedo de ser encontrados?

Samuel le pidió a Emilie que le permitiera revisar su herida y ella estiró el brazo al frente. Tenía una cortadura al lado del músculo donde empieza el dedo pulgar. Emilie podía sentir la arena y las piedritas que se habían incrustado en la hendidura de la piel. Ahora que ya contaba con el tiempo para sentir con detenimiento, percibió que la mano le ardía y le pulsaba.

"Deberíamos haber traído agua", dijo Samuel y miró a su alrededor para ver si alguien llevaba alguna botella, antes de levantar la mano de Emilie a la altura de su cara.

"Bueno, entonces tenemos que hacer esto", dijo él, y antes de que ella alcanzara a reaccionar, Samuel puso sus labios sobre la herida. Emilie se sobresaltó al principio e intentó quitar su mano, pero él agitó la cabeza de forma negativa y la hizo detenerse.

Samuel succionó las piedras con la boca y luego las escupió.

—Ya está –dijo él con una sonrisa. Emilie miró su mano intentando ocultar lo apenada que estaba y buscó decir algo para disimular.

—Esto no es precisamente lo que los doctores suelen hacer en Noruega –comentó con voz tímida al tiempo que forzaba una sonrisa.

—Tampoco en mi país –dijo Samuel y se echó a reír. Abou los calló con un *shhh* y Samuel se llevó la mano a la boca. El viento sopló ligeramente sobre las ramas que los tapaban, provocando que las hojas crujieran. Emilie volteó a ver a los otros y se encontró con la mirada de Traoré que lucía oscura, ausente, con una mezcla de miedo y dejadez. Era la mirada de alguien que se ha dado por vencido. Traoré se giró rápidamente y agachó la cabeza.

Ya había oscurecido, la luna brillaba entre las ramas y proyectaba sombras sobre el hoyo donde estaban escondidos. Samuel le pidió a Emilie que apretara la mano herida.

—Emilie...

—¿Sí?

—Si llegaran a agarrarme, diles que me llamo Kofi. ¿De acuerdo?

—¿Kofi? ¿Como Kofi Annan?

—Sí –respondió Samuel y sonrió–. ¿Así que has oído hablar de él?

Emilie afirmó con la cabeza.

—Por supuesto. ¿Es para evitar que te manden de regreso?

—Ajá. No pueden regresar a la gente si no saben de dónde viene, ¿o sí?

Emilie bajó la mirada, no soportaba la idea de que fueran a deportarlo. No soportaba la idea de ver a Samuel en un campo de refugiados o abordo de un avión rumbo a Ghana. Las imágenes se sucedían vertiginosamente en la cabeza de Emilie; ella se forzó a eliminarlas.

—Desearía poder empacarte en mi maleta y llevarte conmigo a casa –dijo Emilie y sonrió. Intentaba mantener un tono ligero, como si no supiera que ésta bien podría ser la última ocasión que se veían, como si reclinarse hacia él para besarlo no fuera realmente lo único que deseaba, estrujarlo entre sus brazos.

—¿Crees que lograrías cargarme? –preguntó él y le apretó el músculo del brazo.

—Al menos logré nadar contigo hasta la playa.

Samuel tuvo que taparse la boca para evitar reír alto. Traoré lo miró con enojo y puso un dedo frente a sus labios. Samuel atenuó la voz.

—Dios –susurró Samuel–. Me hundí por completo. ¿Lo recuerdas?

Emilie fingió forzar la memoria.

—Claro, ahora que lo dices, me parece recordar que te caíste de la lancha o algo parecido, ¿no es así?

Samuel contuvo la risa una vez más y colocó su mano alrededor de los hombros de ella. Emilie sintió el peso del brazo y los dedos de él en su antebrazo.

—Gracias, Emilie –dijo Samuel en voz baja.

La luna brillaba encima de ellos; un auto se puso en marcha a lo lejos. Emilie abrazó a Samuel por la cintura y permanecieron sentados ahí, en silencio, con miedo a ser descubiertos.

—Samuel –musitó ella pasado un instante.

—¿Hmm?

—Cuéntame cómo es el lugar de donde vienes.

—¿Ghana?

Emilie asintió y Samuel comenzó a contarle. Le susurró, pegado a la mejilla, la historia de su infancia. Le platicó de un amigo que creció junto con él, de su hermana menor, quien había aprendido a hablar antes de caminar. Le contó de los toros en los campos, de la camioneta averiada donde los niños solían jugar, de los escondites ubicados entre las casas, del café donde acostumbraban ver las series de televisión. Contar fue útil. Le ayudó a olvidar a quienes habían muerto en el camino, lo hizo pensar en algo distinto de lo que su madre diría cuando lo viera de nuevo ahí, en la puerta de su casa, luego de haber usado todo el dinero de la familia sin ningún provecho.

Al final volteó a ver a Emilie y le pidió hacer lo mismo, que le contara cómo era el lugar de donde ella venía. Emilie lo miró, le habló sobre el entrenamiento, de la tabla de *snowboard* que había recibido en Navidad, de cómo la nieve podía alcanzar varios metros de altura a lo largo de los caminos cuando pasaba el vehículo removedor de nieve. Le contó de la escuela, de las clases que más le agradaban, el nombre de su mejor amiga. Y, por primera vez, le platicó a alguien sobre el muchacho del pan dulce en la escuela. Dijo que de repente se había visto a sí misma desde afuera, que casi había dejado de comer. Samuel escuchó concentrado y no volteó a verla hasta que ella había terminado.

—¿Eres más feliz ahora? –musitó él.

—¿Por qué? –preguntó Emilie.

—¿Por haber dejado de comer?

¿Qué clase de pregunta era ésa?, pensó ella y encogió los hombros. Ella se sentía más satisfecha consigo misma, había adquirido más control, pero ¿feliz?

—¿Quién es realmente feliz? –preguntó Emilie al final–. ¿Puedes decírmelo?

La respuesta desconcertó a Samuel, quien abrió la boca y justo cuando iba a preguntarle a qué se refería, si la gente de donde ella venía no estaba satisfecha con sus vidas, fue interrumpido por un auto que se escuchó camino abajo: un auto que condujo en las proximidades de la casa y se detuvo. Escucharon portazos provenientes del vehículo, voces, perros ladrando al otro lado de la pendiente. Los otros migrantes levantaron la mirada, una mirada concentrada y dura. Quedaron en completo silencio unos segundos, entonces oyeron gritar a alguien, un par de palabras cortas en español. Parecían órdenes. Seguramente era la policía. Los ladridos empezaron a aproximarse, por lo visto los perros habían seguido su rastro. Emilie apretó el brazo de Samuel, él se mantuvo acostado, quieto, con la vista clavada en la oscuridad del bosque. De repente se escuchó como si los otros se hubieran equivocado de camino y se hubieran marchado en otra dirección. Transcurrieron unos segundos. ¿Tal vez no iban a descubrirlos de todos modos? Abou y Traoré estaban en cuclillas, listos para echarse a correr. Emilie y Samuel seguían acostados boca abajo, con los ojos asomando apenas sobre la orilla. Olía a tierra, a hojas de pino. Los perros ladraban como poseídos, las luces de las lámparas alumbraban los árboles haciéndolos ver como torres blancas en medio de la oscuridad. De repente la luz blanca y cegadora de las lámparas fue dirigida hacia ellos; Emilie y Samuel escondieron la cabeza lo más rápido que pudieron, pero era demasiado tarde: los habían descubierto. Samuel tomó la mano de Emilie y empezaron a correr; las lámparas alumbran de manera inestable alrededor de ellos; un policía gritó en inglés que pararan y soltó un disparo de advertencia al aire. La detonación retumbó entre los árboles.

"¿Pueden dispararnos?", alcanzó a pensar Emilie cuando la luz de las lámparas volvió a atraparlos. ¿Podría acabar su vida ahí, en ese momento, huyendo de la policía en Gran Canaria? Ella, que hacía apenas unos días había estado acostada en la playa escuchando su iPod y pensado en sus amigas, de repente se hallaba escapando de la policía que disparaba detrás de ellos.

Emilie volteó y vio que Traoré y Abou corrieron en otra dirección con la policía pisándoles los talones. Samuel y Emilie se deslizaron por una pendiente de arena, se pusieron de pie y continuaron corriendo. Corrieron frente a un breñal y siguieron hasta llegar a la barrera de contención de la carretera. Un camión de carga rugió frente a ellos e iluminó el panorama mientras pasaba. La oscuridad cayó de nuevo sobre el camino; Emilie se giró, los policías debieron haberse separado porque sólo había uno de ellos persiguiéndolos a ella y a Samuel. Cruzaron corriendo la carretera y un pastizal, saltaron una valla, continuaron sobre un estacionamiento. El policía acortó distancia; Samuel jadeaba, Emilie tuvo que jalarlo detrás de sí: "¡Vamos! –exclamó ella–. ¡Vamos!"

Llegaron hasta las primeras casas de la ciudad, corrieron frente a cafeterías y restaurantes. Corrieron frente a las *boutiques* abiertas de noche y frente a las parejas que llevaban carriolas con niños dormidos, frente a jubilados y jóvenes bien arreglados. Emilie volteó a ver qué tan cerca venía el policía, pero en lugar de él de repente se encontró con su familia caminando sobre la avenida. "¡¿Emilie?! –gritó su madre mientras Emilie corría–. ¡¿Emilie?!"

Pero Emilie, lejos de detenerse, siguió corriendo. Iban abriéndose paso entre la multitud hasta que de pronto aparecieron dos policías bloqueando el camino. Emilie jaló a Samuel a la orilla del malecón, tomaron impulso y saltaron. Se soltaron las manos al estar suspendidos en el aire, aterrizaron duramente sobre la arena y se levantaron para seguir corriendo, cada quien por su lado.

Y aquí llega la historia al punto donde comenzó, de vuelta a aquello que pudo haber sido tanto el inicio como el final: con Emilie que corre a la orilla del mar, las olas negras que remojan sus tobillos, el policía que se acerca cada vez más con la mano estirada hacia ella.

Pero esto no es ni el inicio ni el final, sino el momento justo antes de que Emilie sea aprehendida, justo el momento antes de que el policía la sujete de la playera de tirantes y la tumbe en el suelo, el momento justo antes de que el aire salga de sus pulmones y ella reciba un rodillazo en la espalda y la arena entre a su boca.

Las esposas se cierran alrededor de sus muñecas, las cuales son presionadas contra su espalda.

Emilie levanta la mirada y alcanza a ver a Samuel, un poco más lejos, cuando es sometido por otros dos policías. Él no opone resistencia, tan sólo deja que lo recuesten sobre el suelo y le sujeten los brazos. La madre de Emilie grita una vez más su nombre; las olas remojan una vez más sus pies.

Emilie cierra los ojos, descansa la cabeza sobre la arena fría y siente la delicia de poder estar acostada, de rendirse. En el momento anterior a que la levanten de los brazos, Emilie percibe una asombrosa sensación recorriendo su ser: alivio.

La cárcel

A la mañana siguiente, Emilie despertó en una angosta cama bajo arresto. El suelo era de concreto, el excusado tan sólo un hoyo en el piso. Una puerta de metal pintada de rojo la mantenía encerrada; el sol matutino brillaba entre los barrotes de una ventana ubicada en la parte alta de la pared.

Cuando Emilie se sentó en la cama, una ventanilla en la puerta de metal fue recorrida. Un policía de ojos cafés y deficiente inglés le preguntó si se encontraba bien. Ella afirmó moviendo la cabeza. "Muy bien –contestó él con tono amable–. Vamos a tener un interrogatorio, pero antes puedes comer un poco."

Emilie volvió a afirmar con la cabeza. El policía abrió una ventanilla a nivel del suelo y deslizó una charola con comida y bebida: comida de institución. Emilie se forzó a comer un poco y bebió toda el agua.

El hombre regresó, abrió la puerta y la condujo a un cuarto donde únicamente había una mesa, dos sillas y ventanas ennegrecidas en una de las paredes. Le pidió que contara qué era lo que había sucedido, de principio a fin. No de una manera hosca o desagradable, sino más bien cordial. Emilie jaló aire, respiró profundo y contó todo: de cuando salió a correr, de la lancha, de Samuel y la casa abandonada, de las dificultades para engañar a su familia, de los problemas para conseguir comida, del temor a que los refugiados fueran a ser enviados de regreso.

El policía anotó todo en un bloc. De vez en cuando le pedía detenerse para hacerle una pregunta, para pedirle que contara con más detalles. Le preguntó si sabía el nombre y país de origen de algunos de los migrantes. Emilie recordó lo que Samuel le había dicho mientras estaban escondidos en la pendiente y negó con la cabeza.

—Sólo sé el nombre de uno de ellos –dijo–: Kofi.

El policía movió la cabeza aprobando y sonrió al apartar la pluma.

—¿Kofi? Exacto. Eres una joven valiente, Emilie. Ahora te estarás preguntando qué es lo que va a pasar contigo, ¿cierto?

—Sí.

—Tus padres están sentados afuera —le dijo—. Y tu hermano... ¿cómo es que se llamaba?

—Sebastian —contestó ella. El nombre de su hermano menor estuvo a punto de provocarle risa: Sebastian. Era como si ese nombre perteneciera a otra vida, pensó, a otro mundo.

—Y Sebastian está sentado jugando Nintendo o como se diga. Puedes irte con ellos.

—¿Quiere decir usted que me puedo ir? –preguntó ella.

—Sí. Eres demasiado joven para estar aquí. Además, has actuado con buenas intenciones.

—¿Y qué va a pasar con el joven que agarraron junto conmigo? –preguntó Emilie, quien apenas se contuvo de mencionar su nombre: Samuel–. ¿Dónde está? ¿Y los otros?

El oficial de policía le dijo que las autoridades se habían hecho cargo de ellos y los habían llevado a una institución para inmigrantes indocumentados. Ahí iban a tratar su caso; también el del joven que había sido arrestado junto con Emilie.

—¿Cree usted que él pueda quedarse?

El policía se puso de pie; la silla patinó sobre el piso.

—No lo sé –contestó y caminó hacia la puerta–. No lo sé. ¿Estás lista?

Emilie afirmó con un movimiento de cabeza y abandonó la silla. Estaba lista.

Emilie, Samuel
y Gran Canaria

Samuel había sido sometido en el suelo, lo habían esposado y transportado a la estación de policía. Después de haber pasado una noche en la celda fue interrogado, y con la esperanza de que no descubrieran su identidad antes de que hubieran transcurrido cuarenta días, proporcionó un nombre falso a las autoridades: cuarenta días era todo lo que necesitaba. Anotaron su nombre y checaron sus huellas digitales en una red internacional sin encontrar nada. Samuel seguía siendo un refugiado sin nombre, una cifra más en las estadísticas de las autoridades.

Posteriormente fue conducido al centro para inmigrantes de Gran Canaria, una enorme edificación rodeada por un enrejado con alambre de púas, lejos de los turistas y los hoteles. Había varias tiendas de campaña montadas en el patio. Ahí eran examinados por un médico y recibían vacunas. Más tarde, Samuel recibió comida y bebida en un amplio comedor donde pudo conversar con otros inmigrantes. Todos compartían la misma suerte y habían atravesado por mucho de lo mismo. Habían pagado varios miles de dólares a los traficantes de personas para llegar ahí, habían cruzado el mar a bordo de embarcaciones estrechas, habían estado temerosos de no llegar a su destino, de que se hundiera la barca. Casi todos habían visto morir a alguien durante la travesía. Ahora estaban aquí, a tan sólo unos sellos y una reja eléctrica de la vida por la cual habían arriesgado todo lo que poseían anteriormente: una vida en Europa.

Había hombres jóvenes sentados en las bancas, en las tiendas de campaña y afuera, en el suelo. Estaban a la espera. Mientras unos intercambiaban sus historias, otros estaban sentados en silencio, con la mirada extraviada en el aire, viendo más allá de los columpios, los otros juegos y el enrejado. Algunos jóvenes jugaban futbol. Djeneba y Ousmane también se encontraban ahí; ya estaban ahí la noche anterior, cuando llegó Samuel. El estómago de Ousmane había mejorado luego de haber recibido tratamiento médico. Había recuperado las energías, las ganas de jugar. Samuel lo ayudaba a subir y a bajar de la resbaladilla y los columpios, para matar así el tiempo.

De repente la vio a ella, una joven blanca entre todos los cuerpos negros: Emilie. Se había recogido el cabello, estaba maquillada y llevaba puesto un vestido veraniego que le llegaba arriba de las rodillas. En los pies calzaba sandalias nuevas de tacón con cintas hasta los tobillos. Era la primera vez que la veía bien maquillada, con otra ropa que no fueran las mallas para correr y una playera. Samuel se quedó parado, sin capacidad para decir algo o hacer una seña con la mano mientras Emilie caminó hacia él, se inclinó y le dio un abrazo.

"Emilie", pronunció Samuel. Emilie no sabía qué contestar; no se atrevía a decir su nombre por temor a que un guardia fuera a escuchar cómo se llamaba en realidad, por miedo a que descubrieran quién era y lo enviaran de regreso. La gente a su alrededor los miraba fijamente; Samuel tomó a Emilie por el brazo y le sugirió buscar un lugar menos concurrido. Caminaron hacia la loma ubicada en la parte trasera del edificio. El enrejado de cuatro metros de alto y alambre de púas enmarcaban el cielo en pequeños cuadrados. Si hubieran visto a su alrededor, habrían contemplado el mar por todos lados. Estaban parados uno frente al otro; el guardia había dicho, antes de darse la vuelta y desaparecer en la esquina del edificio, que él regresaría en unos cinco minutos. Por fin estaban ellos dos solos. Samuel la tomó de la mano y acarició su herida a lo largo con un dedo.

"¿Ha cicatrizado bien?", preguntó él con una sonrisa. Ella asintió con la cabeza. Era agradable estar de nuevo con ella, sujetar su mano. De repente lo asaltó el pensamiento de lo alejados que estaban, en realidad, uno del otro; de la efímera duración de ese momento.

—Desearía que todo hubiera sido distinto —dijo Samuel y señaló el enrejado con alambre de púas y el campo de refugiados—. Hubiera deseado que yo no tuviera... que nosotros...

—Lo sé —dijo Emilie y recostó su cabeza sobre él. Samuel colocó su brazo alrededor de los hombros de ella. Por fin la estaba abrazando.

—¿Qué va a pasar contigo ahora? —preguntó ella con su mejilla pegada a la oreja de él. Samuel echó la cabeza hacia atrás para poder observarla bien, sin dejar de abrazarla.

—No lo sé —contestó él—. O me dejan quedar o me mandan de regreso. Pasará lo que tenga que pasar...

Emilie miró un instante al suelo antes de volver a encontrarse con la mirada de él.

—Es injusto —dijo ella.

—No sé; tarde o temprano me hubieran agarrado de todos modos —aseveró Samuel—. Y vivir como ilegal... no es vida.

Emilie asintió con un movimiento de cabeza, aún con su brazo alrededor de la cintura de él, como si fueran novios. Parte del rubio fleco cayó sobre su rostro, Samuel lo recogió con sutileza detrás de la oreja de ella. Los cabellos eran delgados, suaves, distintos a cualquier cabello que él hubiera tocado antes. Los labios de ella relucieron; él estuvo tentado a inclinarse y besarlos.

En lugar de ello, preguntó:

—¿Y tú, Emilie?

—Nosotros viajamos mañana –contestó ella en voz baja–, mañana temprano. Samuel la acercó hacia él, sintió su aliento en la garganta y escuchó el estruendo de las olas. Durante unos segundos no hubo nada más, sólo ellos dos y el paisaje a su alrededor: Emilie, Samuel y Gran Canaria. Él inclinó la cabeza hacia atrás, la miró y no pudo evitar sonreír. Emilie iba a preguntar por qué, pero fue interrumpida por el guardia que estaba de regreso: "¡La visita ha terminado!", gritó con tono áspero.

Emilie se giró de nuevo hacia Samuel y lo hizo: ella lo besó en la boca, un dulce y corto beso. Samuel sintió que el cuerpo le vibraba y le dieron ganas de besarla otra vez, pero ella agachó la cabeza para buscar un papel en su bolso, un pedazo de papel doblado. "Escríbeme", susurró Emilie. Samuel miró el papel y asintió con la cabeza.

En ese mismo instante apareció el guardia a su lado y sujetó a Emilie del brazo con mano firme. "¡Sígame!", ordenó el hombre.

Emilie fue conducida a la salida; Samuel no fue detrás ellos, permaneció parado y agitó la mano desde la puerta para despedirse. Agitó la mano durante todo el trayecto: cuando ella subió a un auto de la policía, mientras bajaban por la pendiente y hasta que desaparecieron en una curva. Samuel expulsó el aire y se dio la vuelta. Ousmane, en pañal y sandalias, caminó hacia él con dificultad. Samuel volvió a ver el papel con la dirección antes de guardarlo en su bolsa y cargar al pequeño. Ousmane señaló un grupo de pájaros que se había parado en el techo.

La bandera española ondeaba sus colores rojo y amarillo con el viento; Samuel pensó en el mural de Senegal, en la embarcación con toda la gente abordo, en las letras pintadas en rojo.

Barsakh.

Ya estaba aquí.

Ahora sólo quedaba esperar.

Epílogo

El avión dio vuelta lentamente en la pista. Emilie veía a través de la pequeña ventana; su padre iba sentado a su lado, su madre y Sebastian ocupaban el asiento de adelante. Todo había cambiado durante los últimos días. Emilie había dormido mucho, había pensado en Samuel, había llorado e intentado comer más. Hacía apenas dos semanas que habían salido de casa pero todo se sentía como otra vida, como otra Emilie. Ahora estaban en el avión camino a casa, camino a la escuela y a sus amigas. Un vehículo portaequipajes sin carga los rebasó y entró a la puerta de embarque. El avión avanzó cada vez más rápido; los motores rugieron sobre el paisaje cuando el cuerpo de la nave despegó del suelo y voló encima del mar. Emilie recargó su frente en la ventana.

"En algún lugar ahí afuera hay alguien, –pensó–; en algún lugar ahí afuera hay personas, en este preciso instante, sentadas en pequeñas embarcaciones de forma apretada, camino a una nueva vida, en este preciso instante." Emilie giró la cabeza hacia su padre; él tomó la mano de ella y la estrechó con sutileza.

Ella cerró los ojos.

Una mirada a los inmigrantes africanos

Luego de leer la historia de Emilie y Samuel, tal vez te interese mirar un par de documentales que muestran un poco más sobre la realidad de los inmigrantes del continente africano. Los videos están disponibles en internet y en idioma inglés y francés.

Travelling with Immigrants-Mali
<www.youtube.com/watch?v=VMC3jbQN5gI>

The Journey of Life and Death
<https://www.youtube.com/watch?v=QOnvax5sKxU>

Journey Through Hell
<https://www.journeyman.tv/film/3570/journey-through-hell>

Traversée clandestine d'Africains vers l'Espagne
<https://www.youtube.com/watch?v=vtmaz4L1gmk>

Estadísticas

De acuerdo a estudios nacionales e internacionales, aproximadamente 50 mil noruegos, de entre 15 y 45 años, sufren trastornos de la conducta alimentaria.

Alrededor de 2 700 noruegos tienen anorexia, 18 mil bulimia y 28 mil trastornos alimentarios compulsivos. Esta cifra se ha mantenido estable por lo menos en los últimos 25 años.[1]

En México no se conoce con exactitud la magnitud del problema de los trastornos alimentarios debido a la escacez de estudios representativos en la población. Sin embargo, según la Encuesta Mexicana de Salud Mental Adolescente, realizada sólo en la Ciudad de México, la prevalencia de anorexia, bulimia y trastorno por atracones se estima en 0.5%, 1.0% y 1.4%, respectivamente, en adolescentes de entre 12 y 17 años.

La Encuesta Nacional de Epidemiología Psiquiátrica estima que, en la población adolescente escolar, 1.8% de las mujeres y 0.6% de los hombres han sufrido algún trastorno alimentario. En 2006 la Encuesta Nacional de Salud y Nutrición (Ensanut) mostró que la edad de mayor riesgo para padecer alguno de estos

---

[1] Datos obtenidos de Rosenvinge JH, Götestam KG., *Spiseforstyrrelser – hvordan bør behandlingen organiseres?*, Tidsskr Nor Lægeforen, 2002. Disponible en: <http://tidsskriftet.no/article/482858>.

trastornos es de 13 años para las mujeres y 15 para los varones y en 2012 la del grupo de 14 a 19 años.[2]

Entre enero y noviembre de 2006 arribaron 28 167 migrantes a las Islas Canarias. El periodo comprendido entre agosto y septiembre de 2006 marca, hasta el momento, una cifra récord con un total de 21 237 inmigrantes desembarcados en dos meses. La Cruz Roja calcula que, anualmente, al menos 3 000 migrantes pierden la vida en el trayecto a Europa. La mayoría de ellos nunca son hallados.

Aunque no existen cifras oficiales, se estima que por la frontera sur de México cada año ingresan unos 150 mil migrantes, sobre todo por el estado de Chiapas, con la intención de llegar a Estados Unidos. En su mayoría son centroamericanos, sudamericanos y, en menor medida, extrarregionales originarios de países de Asia y África.

Organizaciones de la sociedad civil organizada indican que el promedio anual de migrantes centroamericanos indocumentados que ingresan a México podría ser de hasta 400 mil. Debido a que estas personas no cuentan con papeles, no existen datos certeros.[3]

---

[2] Datos de Benjet, Corina *et al.*, "Epidemiología de los trastornos de la conducta alimentaria en una muestra representativa de adolescentes" en *Salud Mental*, 2012, pp. 483-490. Disponible en: <http://www.scielo.org.mx/scielo.php?script=sci_arttext&pid=S0185-33252012000600005&lng=es&nrm=iso>; y Medina-Mora, María Elena *et al.*, "Prevalencia de trastornos mentales y uso de servicios: resultados de la encuesta nacional de epidemiología psiquiátrica en México" en *Salud Mental*, 2003, pp. 1-16. Disponible en: <http://www.medigraphic.com/pdfs/salmen/sam-2003/sam034a.pdf>.

[3] Datos obtenidos de la Organización Internacional para las Migraciones. Disponible en: <http://oim.org.mx/hechos-y-cifras-2>.

Emilie, Samuel y Gran Canaria

terminó de imprimirse en 2016 en los talleres
de Imprimex, Antiguo Camino a Culhuacán 87,
colonia Santa Isabel Industrial, delegación
Iztapalapa, C.P. 09820, Ciudad de México,
www.grupoimprimex.com | La voz de Emilie está
compuesta con la fuente Egyptienne diseñada
por Adrian Frutiger en 1956. La voz de Samuel
está compuesta con la fuente Gandhi Sans diseñada por Cristóbal Henestrosa en 2012. El cuidado de la edición estuvo a cargo de Norma Alejan-
dra López Mohedano. La corrección de estilo la
realizaron Vania Rojano Medina y Aura González
Morgado. El diseño editorial y la formación fueron
hechos por Sandra Ferrer Alarcón.